Aus der Bibliothek von:

Pferdestarke
girls

Marlene Jablonski

Pferdestarke girls

Neue Freunde, falsches Spiel

KOSMOS

Umschlaggestaltung von Ina Biber, München,
unter Verwendung einer Illustration von Sylvia Wolf, Wiesbaden
Innenillustrationen von Sylvia Wolf

Unser gesamtes lieferbares Programm und viele weitere Informationen zu unseren Büchern, Spielen, Experimentierkästen, DVDs, Autoren und Aktivitäten finden Sie unter **www.kosmos.de**

ISBN 978-3-440-11120-8
Redaktion: Claudia Steinke
Gestaltung: Ralf Paucke und Tatyana Momot
Layout: DOPPELPUNKT Auch & Grätzbach GbR, Stuttgart
Produktion: Angela List
Printed in the Czech Republic/Imprimé en République tchèque

Neue Freunde, falsches Spiel

1. Kapitel, in dem ich beinahe aus den Latschen kippe

„Ach, ist das schön! Wisst ihr, Mädels ich kann es immer noch nicht glauben." Selig lächelnd schaue ich zwischen Leo und Pia hin und her. „Endlich ist es so weit." Mit leuchtenden Augen mustere ich zusammen mit meinen zwei besten Freundinnen das Gebäude, in dem ich die nächsten zwei Jahre verbringen werde.

Nein. Es ist nicht etwa ein Gefängnis. Es ist meine neue Schule. „Ihr könnt euch gar nicht vorstellen, wie glücklich ich bin. Hiermit bin ich nämlich endlich diese blöde Privatschule los."

„Herzlichen Glückwunsch." Leo klopft mir auf die Schulter.

„Du hast es dir wirklich verdient, da rauszukommen, Sophie", sagt Pia und lächelt mich von der Seite an.

„Ja", hauche ich, ohne die Schule aus den Augen zu lassen.

„Wollen wir jetzt den ganzen Tag nur hier rumstehen und uns die Schule anschauen oder gehen wir auch hinein?"

„Nur noch einen Augenblick, Leo. Das ist ein ganz feierlicher Moment für mich. Um hierherzukommen, musste ich ganz lange kämpfen. Ihr wisst doch, dass meine Eltern nicht sonderlich begeistert von der Idee eines Schulwechsels waren."

„Und wie wir das noch wissen. Du lagst uns wochenlang damit in den Ohren", erinnert Pia sich.

„Du hast sie uns vollgeheult", fügt Leo frech hinzu.

„Ja. Aber jetzt ist damit Schluss. Ich bin so glücklich, endlich mit euch auf eine Schule zu gehen, dass ich platzen könnte. Auch wenn wir nicht in derselben Klasse sind, ihr jungen Hühner."

„Du musst bloß einmal sitzenbleiben."

„Nein danke. Es reicht mir vollkommen, die Pausen mit euch zu verbringen", witzele ich voller Vorfreude auf genau das.

Die beiden sind nämlich meine besten Freundinnen. Auf der Privatschule hatte ich niemanden. Mit keinem dort habe ich mich richtig verstanden. Es gab nur Leute, die ich nicht mochte, und die, die ich noch weniger mochte – abgesehen von meiner Schwester Jessica und ihrem Freund Tristan. Aber die habe ich dort ja kaum zu Gesicht bekommen. Jessica und Tristan sind nämlich erstens: um einiges älter, und zweitens: kleben sie wie die Kletten aneinander, seitdem sie zusammen sind.

„Aber wisst ihr, was das Beste an meinem Schulwechsel ist?", fange ich wieder an.

„Nö." Leo schüttelt ihren blonden Schopf. „Du wirst es uns aber sicher gleich verraten."

„Das Beste an der ganzen Geschichte ist, dass ich Lucas nicht mehr sehen muss. Bäh! Der Kerl hat mir auf der Privatschule den letzten Nerv geklaut mit seinen blöden Sprüchen. Dauernd hat er mich geärgert. Ich kann einfach nicht verstehen, was du an ihm findest." Ich schaue Leo völlig verständnislos an.

„Ich? Ich habe den Kerl bloß deinetwegen am Hals."

„Jetzt tu nicht so, Leo", grinst Pia. „Gib es doch einfach zu. Du findest ihn nett."

„Vielleicht ein wenig. Ich finde ihn eben witzig."

„Kein Wunder. Ihr beiden seid ja auch völlig durchgeknallt. Ihr habt so ziemlich den gleichen Humor. Bloß bist du zum Glück mit mir befreundet."

Allerdings war das nicht immer der Fall, erinnere ich mich.

Leo und ich kennen uns vom Sehen her zwar schon etwas länger, aber *richtig* kennengelernt haben wir uns erst vor etwas mehr als einem Jahr. Pia war gerade mit ihrer Mutter und ihrem Stiefvater Salvatore hergezogen.

Das Ganze war eigentlich reiner Zufall. Niemals hätte ich geglaubt, dass Leo, Pia und ich mal richtige Freundinnen werden würden. Doch das sind wir. Nicht zuletzt wegen Pias Tagebuch und Aurora, meiner superschönen Achal-Tekkiner- Stute.

Aurora ist eine falbene Stute. Sie hat seidiges und feines Fell, das in der Sonne glänzt wie reines Gold. Ihre lange Mähne und der Schweif sind hellblond und ihre Augen groß, dunkel und geheimnisvoll. Eine leuchtend weiße Schnurblesse ziert ihr feines Pferdegesicht.

Sie ist ein Geschenk meiner Eltern gewesen. Ein Geschenk, das ich damals am liebsten sofort wieder umgetauscht hätte. Mit Pferden konnte ich nämlich nichts anfangen. Ich hatte sogar mächtige Angst vor ihnen. Im Gegensatz zu Pia.

Pia ist mit Pferden aufgewachsen. Ihr richtiger Vater ist Reitlehrer in Düsseldorf. Und so saß sie bereits im Sattel, noch bevor sie überhaupt laufen konnte. So ähnlich war es übrigens auch bei Leo. Tja, da ist es auch nicht verwunderlich, dass wir Mädels uns ausgerechnet auf einem Reiterhof kennen, hassen und schließlich mögen gelernt haben. Und all das in genau dieser Reihenfolge.

Ich kann mir vorstellen, dass weder Pia noch Leo begeistert waren von meinem ersten Auftritt auf dem Reiterhof. Ich war zickig, stur und vielleicht ein wenig hochnäsig. Okay, ich war richtig hochnäsig. Und dass ich Aurora am Anfang nur mit Missfallen beachtet habe, hat mir auch nicht gerade einen Pluspunkt bei den beiden eingebracht. Aber das war mir ehrlich gestanden ziemlich egal. Alles, was ich wollte, war, so schnell wie möglich wieder nach Hause zu kommen. Der Reiterhof, die Pferde und die Leute, die sich dort rumtrieben, waren einfach nicht meine Welt. Doch das hat sich ja zum Glück geändert.

Inzwischen kann ich mir nicht mehr vorstellen, ohne Aurora zu leben. Sie gehört zu mir wie mein Arm oder mein Bein. Ohne sie wäre ich ... Ja! Ich wäre unvollständig. Doch bis ich zu dieser Erkenntnis gekommen bin, hat es ein bisschen gedauert. Und bis es so weit war, musste Pia sich um meine Stute kümmern.

Meine Eltern haben wohl schon geahnt, dass ich einige Schwierigkeiten mit Aurora haben würde, und so haben sie kurzerhand Pia angeheuert, mir bei Auroras Pflege zur Hand zu gehen.

Dazu hat sie heutzutage allerdings nicht mehr so ganz viel Zeit, denn mittlerweile hat sie auch ein eigenes Pferd: Marengo. Ein superlieber Norweger, der eigentlich von seinem Vorbesitzer verwurstet werden sollte. Ist das zu fassen? Dieses traurige Schicksal blieb ihm dann dank Pia aber doch erspart. Seitdem sind die beiden ein Herz und eine Seele. Na ja, eigentlich waren sie es vorher auch schon. Aber das ist eine andere Geschichte, erinnere ich mich, als ich auf einmal von der Schulklingel aus den Gedanken gerissen und zurück in die Gegenwart und damit zu meinem ersten Schultag an einer neuen Schule katapultiert werde.

„Auf geht's." Ich hole Luft und setze mich langsam in Bewegung.

„Warte noch!" Leo packt mich am Handgelenk und zieht mich forsch zurück. „Ich mache schnell ein Foto, wie du den Schulhof betrittst." Sie kramt rasch ihr Fotohandy hervor. Pia stöhnt laut auf und verdreht dabei ihre Augen. „Was ist denn?" Leo zuckt mit den Schultern. „Sie hat doch selbst gerade gesagt, dass es ein ganz feierlicher Moment für sie ist. Und diesen Moment sollte man festhalten. Also, noch mal von vorn." Leo richtet ihre Handykamera auf mich. Ich setze mein schönstes Lächeln auf, hebe galant meinen Fuß an und will ihn gerade auf den Schulhof stellen, als ich auf einmal von jemandem angerempelt werde und völlig tölpelhaft auf den Hof stolpere.

„So ein Trampel!", ärgere ich mich und streiche mir meine langen roten Locken aus dem Gesicht.

„Nun ja, Sophie, du bist eben nicht gerade wie eine Elfe auf den Schulhof geschwebt, aber ich würde dich trotzdem nicht als Trampel bezeichnen. Schließlich kannst nichts dafür."

„Ich meinte ja auch nicht mich, sondern diesen Burschen da." Ich deute mit ausgestreckter Hand auf den Übeltäter, der mit seinem blaugrauen Rucksack auf das Schulgebäude zudüst und eine Sekunde später darin verschwindet.

„Der scheint es aber ziemlich eilig zu haben", bemerkt Leo, immer noch mit ihrem Handy in der Hand.

„Er will eben nicht zu spät kommen. Genauso wenig wie ich auch", meint Pia und marschiert los Richtung Schulgebäude.

Während Leo und ich ihr folgen, betrachtet Leo das Display ihres Handys und grinst vor sich hin.

„Was ist denn so lustig?", will ich von ihr wissen.

„Ach, nichts. Ich schaue mir nur das Foto an, das ich gerade von dir gemacht habe. Siehst echt super aus."

„Zeigt mal her."

Ach, du Schande! Empört und gleichzeitig geschockt reiße ich die Augen auf. „Ich sehe ja total schrecklich aus! Los. Lösch das bitte sofort wieder." Ich lange nach Leos Handy, um es gleich selbst zu erledigen.

„Das kommt gar nicht infrage." Leo zieht es schnell weg.

„Na, los. Gib mir auf der Stelle das Handy."

„Ich denke ja nicht einmal im Traum daran. Nimm die Finger weg! Das ist mein Handy."

„Mit meinem Gesicht drauf."

Pia dreht sich auf dem Absatz zu uns um. „Worum geht's hier denn nun schon wieder? Wieso streitet ihr beiden euch?"

„Sophie will mir mein Handy klauen", beschwert Leo sich.

„Will ich gar nicht!" Blitzschnell strecke ich wieder meine Hand nach dem Handy aus. Blöderweise kriege ich es wieder nicht zu fassen.

„Siehst du? Sie will es mir wegnehmen."

Wortlos schaut Pia von Leo zu mir.

„Aber ich will doch nur ..."

„Das könnt ihr beiden auch noch später in der Pause klären", fährt Pia mir ins Wort. „Jetzt müssen wir uns wirklich beeilen. Der Unterricht fängt jede Minute an. Du willst doch nicht gleich an deinem ersten Tag zu spät kommen, oder?"

„Nein", brumme ich und setze mich wieder in Bewegung. Dabei werfe ich Leo einen bösen Blick von der Seite zu und strecke ihr meine Zunge raus. Daraufhin hält sie mir rachsüchtig und mit einem triumphierenden Lächeln im Gesicht noch einmal das grauenhafte Foto hin.

„Na, warte", murmele ich, während wir gemeinsam das Schulgebäude betreten.

Doch drinnen wechselt meine Stimmung im Nu. Mit großen Augen lasse ich meinen Blick durch die Gegend schweifen.

„Ich kann es einfach immer noch nicht fassen", säusele ich glücklich vor mich hin. „Ich habe das Gefühl ich träume – AUA!

Was soll das, Leo?" Mit schmerzverzogenem Gesicht streiche ich mir über den Oberarm. „Wieso zum Teufel hast du mich gekniffen?"

„Na, jetzt weißt du, dass es kein Traum, sondern Realität ist."

„Genau wie der blaue Fleck, den ich deinetwegen ab jetzt wochenlang auf meinem Oberarm spazieren tragen darf. Vielen Dank auch."

„Keine Ursache. Wenn du noch einen willst, sag nur Bescheid."

„Das werde ich ganz sicher NICHT tun, du kleines Biest."

„Hey! Deswegen musst du doch nicht gleich so beleidigend sein, klar? Ich weiß selbst, dass ich nicht grad die Größte bin", schmollt Leo gespielt, worauf wir drei uns gegenseitig breit angrinsen.

Was sich liebt, das neckt sich. Auf Leo und mich passt dieser Spruch wie die Faust aufs Auge. Und aufs Auge hätte ich von Leo mal tatsächlich eine bekommen.

Bevor wir Freundinnen wurden, haben Leo und Pia mich des Diebstahls bezichtigt. Die beiden haben mich doch im Ernst unter Verdacht gehabt, Pias verschwundenes Tagebus geklaut zu haben. Na ja, es war wirklich in meinem Besitz. Aber es war nicht so, wie es den Anschein hatte. Wirklich nicht. Ich habe es nämlich nicht geklaut. Ich habe es in Auroras Box gefunden – und behalten.

Es standen viele Dinge drin, die ich unbedingt lesen wollte. Es waren Dinge über mich, die mich verletzt haben, obwohl sie der Wahrheit entsprachen.

Ja, ich war wirklich eine blöde Kuh. Ob sich bis heute etwas daran geändert hat? Ich weiß es nicht wirklich. Eins weiß ich jedoch ganz genau: Wenn ich immer noch eine blöde Kuh sein sollte, dann bin ich wenigstens eine blöde Kuh mit zwei tollen Freundinnen und einem Prachtpferd.

Nachdem die Sache mit Pias Tagebuch nämlich geklärt war, haben Leo, Pia und ich uns viel besser verstanden. Pias Tagebuch wurde zu einem waschechten Freundinnenbuch und gehört mittlerweile uns allen.

„Okay, Mädels. Jetzt ist Schluss mit lustig“, meldet sich Pia. „Leo und ich müssen hier den rechten Flügel runter.“

„Und ich?“

„Du musst die Treppen hinauf in den ersten Stock. Von dort aus fragst du dich am besten durch. Oder du gehst einfach ins Lehrerzimmer. Dort sagen Sie dir dann schon Bescheid, wo du genau hinmusst.“

„Alles klar. Und wo ist das Lehrerzimmer?“

„Es ist gleich hier vorne hinter der Glastür.“

„Gut.“

„Also. Viel Glück, Sophie.“

„Danke“, entgegne ich aufgeregt.

„Wir sehen uns dann in der Pause.“

„Mhm.“ Ich nicke, winke meinen beiden Freundinnen zum Abschied, drehe mich um und marschiere auf die Glastür zu.

Vor dem Lehrerzimmer bleibe ich dann stehen und werfe einen Blick zu Leo und Pia, die immer noch da stehen und mir lächelnd zunicken. Ich lächle zurück und klopfe zaghaft an.

„Ja, bitte“, kommt es aus dem Raum hinter der Tür. Ich lege meine Hand auf die Türklinke und drücke sie hinunter.

„Guten Morgen.“ Eine Frau mit einem strengen Knoten im Haar und einer schwarzumrandeten Brille auf einer zierlichen Nase schaut mich musternd an. „Was gibt’s denn?“

„Guten Tag. Mein Name ist Sophie Römstein und – und das ist mein erster Schultag."

„So?" Die Frau schaut mich skeptisch über den Rand ihrer Brille an.

„Äh, ich meine natürlich mein erster Schultag an dieser Schule", verbessere ich mich schnell und lächle etwas verlegen.

„Hätte mich auch gewundert, denn für die erste Klasse siehst du wirklich schon etwas zu alt aus", witzelt die Frau, während ein breites Lächeln auf ihren blutroten Lippen erscheint. Dadurch hellt sich urplötzlich ihr ganzes Gesicht richtig auf, und die Frau sieht aus wie ein ganz anderer Mensch. Selbst der strenge Knoten und die eckige Brille geraten völlig in den Hintergrund.

„Ah, da hab ich dich", meint die Frau nach einem raschen Blick in ihre Unterlagen. „Sophie Römstein. Du kommst in die 8b. Ich bringe dich am besten gleich mal hin." Sie steht von ihrem Schreibtischstuhl auf und kommt auf mich zu. Dabei fällt mein Blick zufällig auf ihre Füße.

Verdattert schaue ich von ihren Füßen langsam hinauf in ihr Gesicht und wieder zurück. „Sie – Sie haben ja gar keine Schuhe an", bemerke ich.

„Ach!", sagt die Frau glucksend und haut sich mit der flachen Hand auf die Stirn. Dann läuft sie schnell um ihren Schreibtisch herum und schlüpft in ihre Schuhe. „Ich ziehe die immer aus, wenn ich an meinem Schreibtisch sitze. Diese Pumps sehen so toll aus, sind aber leider total unbequem", erklärt sie.

„Verstehe." Ich nicke und folge der Frau aus dem Zimmer hinaus auf den Flur, der mittlerweile wie leer gefegt ist.

„Hier entlang." Sie führt mich die Treppe hinauf und stöckelt, oben angekommen, etwas wankend vor mir her. So als würde sie auf rohen Eiern laufen. „Hier ist es." Sie bleibt vor einer Tür stehen, klopft kurz an und öffnet sogleich die Tür.

„Ich bringe Ihnen hier die neue Schülerin. Ihr Name ist Sophie Römstein. Sie war vorher auf der Studener Privatschule."

„Richtig. Vielen Dank, Beate. Komm ruhig rein, Sophie. Hört mal alle her." Die Lehrerin wendet ihren Blick nach vorne zu ihrer Klasse. „Das ist Sophie. Ich möchte, dass ihr sie genauso nett willkommen heißt wie unseren ersten Neuankömmling gerade."

Ersten?, wundere ich mich und bin gleichzeitig auch irgendwie darüber erleichtert, nicht als Einzige neu in der Klasse zu sein.

„Hallo, Sophie", ruft die ganze Klasse im Chor. Ich schaue in die Runde und lächle etwas verlegen, als mir Beate, die Schulsekretärin, eine Hand auf die Schulter legt, sich zu meinem Ohr runterbeugt und mir ein leises „Tschüss, Sophie" zuflüstert. Ich schaue sie von der Seite an, worauf sie mir noch freundlich zuzwinkert und anschließend das Klassenzimmer verlässt.

Während sie den Flur hinunterläuft, ist das laute Klacken ihrer hochhackigen Schuhe zu hören. Und plötzlich Stille.

Ich vermute mal, sie hat die Schuhe ausgezogen. Das hätte jedenfalls ich getan.

„Noch einmal herzlich willkommen auf unserer Schule und in deiner neuen Klasse, Sophie", meldet sich die Lehrerin auf einmal.

„Danke schön", entgegne ich kurz.

„Schau mal. Da drüben am Fenster ist noch ein Platz frei. Magst du dich da hinsetzen?"

Ohne genau hinzuschauen, nicke ich schon einmal und setze mich dann langsam in Bewegung. Dabei werde ich von etwa dreiundzwanzig Augenpaaren verfolgt und aufs Genauste gemustert. Besonders prüfend schaut mich allerdings ein Mädchen mit halblangen blonden Haaren, einem Stupsnäschen und schmalen Lippen an. Ihr Blick dringt mir durch Mark und Bein und verursacht mir ein flaues Gefühl in der Magengrube.

Wieso starrt sie mich denn so an? Ich habe ihr doch gar nichts getan. Und jetzt? Was macht sie denn jetzt? Ohne den Blick von mir zu wenden, lehnt sie sich zu ihrer Tischnachbarin und flüstert der etwas ins Ohr. Daraufhin wirft auch diese mir einen komischen Blick zu und fängt an zu lachen. Schnell schlägt sie sich dann eine Hand vor den Mund und gluckst belustigt vor sich hin.

Ich muss zugeben, dass mich das Ganze schon etwas verunsichert. Dennoch versuche ich, mir nichts anmerken zu lassen, und setze meinen Weg fort. Doch als ich schließlich bei meinem Platz ankomme und bemerke, wer auf dem Stuhl daneben sitzt, stockt mir glatt der Atem.

Das kann doch wohl nicht wahr sein. Nein! Nein, das ist *nicht* wahr. Das *kann* einfach nicht wahr sein.

„Ist alles in Ordnung mit dir, Sophie?“, möchte die Lehrerin von mir wissen. „Geht es dir gut, Kind? Du siehst auf einmal so blass aus.“

Ich versuche, meine Verzweiflung hinter einem Lächeln zu verstecken. So ganz will es mir aber nicht gelingen.

„Es ist alles – alles okay“, flöte ich. Dabei kneife ich mir heimlich immer wieder selbst in den Oberarm, in der Hoffnung, so schnell wie möglich aus diesem Traum aufzuwachen. Doch egal, wie oft oder wie fest ich an meinem Arm zupfe, ich wache einfach nicht auf aus diesem Traum auf. Und es ist ein Traum. Es *muss* ein Traum sein. Ein Albtraum, um genau zu sein!

2. Kapitel, in dem ich abhebe und durch die Lüfte fliege

„Wieso ich? Wieso passiert so etwas ausgerechnet mir?“, jammere ich Leo und Pia am Nachmittag auf dem Reiterhof die Ohren voll. „Was habe ich bloß so Böses getan, dass ich *das* verdient habe, hä? Bin ich denn wirklich so ein schlechter Mensch?“, frage ich, worauf Aurora anfängt, leise zu schnauben. Tröstend lehnt sie ihren großen Pferdekopf gegen meine Schulter und pustet mir ihren warmen Atem entgegen.

„Nun übertreib nicht so, Sophie“, fängt Leo an. „Dass du jetzt wieder mit Lucas in einer Klasse bist, ist doch kein Weltuntergang“, meint sie, während sie großen Schrittes die Gerätekammer ansteuert.

„Du hast recht. Es ist nämlich noch viiieeel schlimmer“, rufe ich ihr hinterher.

„Nun regt dich nicht mehr so auf. Das ändert jetzt doch auch nichts mehr.“ Pia schaut mich mitfühlend an.

„Leider!“ Betrübt nehme ich Auroras Kopf zwischen meine Hände und drücke ihr einen dicken Schmatzer auf die Nase.

„Hier, ich habe dir dein Sattelzeug mitgebracht.“ Leo kommt wieder.

„Danke“, entgegne ich, ziehe schnell die Satteldecke noch einmal glatt, nehme Leo den Sattel ab und hieve ihn schwungvoll auf Auroras Rücken.

Während Leo kurze Zeit später bereits aufsteigt, lege ich den Gurt um Auroras Bauch und Pia hantiert an ihren Steigbügeln herum. In diesem Moment schleicht sich Josh, Pias Flamme, vorsichtig an uns heran. Im Schlepptau hat er Netty, seine kleine Mustangstute.

Pia und Josh sind so etwas wie ein Paar, würde ich sagen. Was die beiden dazu sagen würden, weiß allerdings niemand so recht.

Sind sie zusammen, sind sie nicht zusammen? Ein ewiges Rätsel. Eins ist jedoch gewiss: Die beiden sind ineinander verknallt. Das sieht selbst ein Blinder. Immerhin haben sie es sich mittlerweile eingestanden und sogar mit einem flüchtigen Kuss besiegelt. Und damit sind sie für mich ganz klar ein Liebespaar.

„Ha–", will ich Josh gerade unbemerkt begrüßen, als er ganz schnell seinen rechten Zeigefinger heimlich auf seine Lippen legt, sich weiter auf Samtpfoten vorantastet und überfallartig seine Hände von hinten auf Pias Augen legt. Dabei grinst er vor sich hin wie ein Honigkuchenpferd.

Seit Pia wieder aus Düsseldorf zurück ist, wo sie bei ihrem Vater den Rest der Sommerferien verbracht hat, haben die beiden sich fast jeden Tag getroffen.

„Na, wer bin ich, hä?"

„Ich gebe dir mal einen Rat", meint Leo, ehe Pia etwas darauf erwidern kann. „Es ist nicht der Osterhase."

„Danke, Leo. Dann wird es wohl der Weihnachtsmann sein", witzelt Pia.

„Ganz falsch. Es ist jemand mit vielen, vielen Herzchen in den Augen, einem verträumt-blöden Blick und einem dummen und schmachtvollem Lächeln", meint Leo, worauf Netty ein leises und zustimmendes Wiehern hören lässt. Sofort erscheint auf Pias Lippen ein breites Grinsen.

„Ja!“, ruft Leo laut. „Du hast es. Genauso sieht es aus. Woher weißt du das?“

Wortlos schüttelt Pia immer noch mit Joshs Händen auf den Augen ihren Kopf.

„Weißt du denn immer noch nicht, wer sich da an dich geklettet hat? Okay. Hier ist mein allerletzter Hinweis. Es fängt mit J an und hört mit osh auf. Na?“

„Josh“, freut Pia sich.

„Alle Achtung. Buchstaben zusammensetzen kann sie echt gut“, meint Leo in meine Richtung. Wortlos knuffe ich dem Frechdachs in den Oberarm. „Was ist denn?“

„Ich wusste, dass du es bist.“ Pia legt ihre Hände auf Joshs, zieht sie von ihren Augen und dreht sich lächelnd zu ihm um. Dabei hält sie immer noch seine Hände ganz fest in ihren.

Dann stehen sie eine ganze Weile nur so da und schauen sich total verliebt an. Wahrscheinlich würde das noch ein paar Stunden so weitergehen, wenn Marengo sich nicht auf einmal melden würde. Frech drängt er sich zwischen Pia und Josh und lehnt seinen Kopf schmusebedürftig erst gegen den einen und dann sofort gegen den anderen. Ihre Wirkung verfehlt diese Aktion natürlich nicht. Sofort nehmen Pia und Josh es sich zur Aufgabe, Marengo ausgiebig von beiden Seiten zu kraulen und zu schmusen. Genüsslich lässt der liebenswürdige Rappe sich die Streicheleinheiten gefallen und prustet freudig vor sich hin. Angesichts so viel Liebe und Zuwendung lässt auch meine Aurora sich anstecken. Sanft schmiegt sie ihren Kopf gegen meinen und kitzelt mich mit ihren Barthaaren.

Während ich liebevoll ihre Stirn streichle, behalte ich dabei doch unsere Turteltäubchen in den Augen.

Pia hat echt Glück. Josh ist ein wirklich netter Kerl. Ich wünschte, alle Jungs wären ein bisschen mehr wie er. Besonders Lucas. Der könnte sich eine riesige Portion von Josh abschneiden. Aber wahrscheinlich würde selbst das nicht reichen, um ihn auch nur ein klein wenig erträglicher zu machen. Der Kerl ist einfach total verkorkst. Und ausgerechnet ich kriege das immer ab.

„Wenn du willst, rede ich mal mit ihm", schlägt Leo mir auf einmal von oben vor.

„Was?" Ich schaue fragend zu Leo hinauf.

„Du denkst doch gerade an Lucas, oder?" Sie wuschelt Sunny durch die Mähne.

Ich reiße mich von Aurora los. „Woher weißt du das?"

„Na, ich erkenne es an deinem hasserfüllten Blick."

„Echt?" Ich schaue von Leo über Josh zu Pia, deren Augen inzwischen auch auf mir ruhen.

„Nein, nicht wirklich", meint Leo. „Aber ich kenne dich und sehe, dass dich etwas beschäftigt. Und ein anderes Problem außer Lucas hast du momentan nicht, soweit ich das weiß. Also, wenn du willst, rede ich mal mit ihm. Du weißt ja, ich habe einen ganz guten Draht zu ihm."

„Ja, und was dann?"

„Dann sage ich ihm, dass er dich in Ruhe lassen soll, sonst drehst du noch durch."

Ich schmunzle. „Das ist echt nett von dir, Leo. Aber ich glaube, da muss ich alleine durch", seufze ich.

„Aber wieso denn?", meldet Pia sich zu Wort, während Josh ihr gentlemanlike in den Sattel hilft.

„Nein, das geht nicht. Schließlich kann ich nicht immer nach Hilfe rufen, wenn ich Probleme mit jemand anderem habe."

„Wie du willst." Leo zuckt mit den Schultern.

„Ich finde, du hast recht", nickt Josh mir zustimmend zu, während er in Nettys Sattel steigt.

„Ja, ich weiß. Aber jetzt lasst uns bitte nicht mehr über Lucas quatschen, okay?" Nun schwinge auch ich mich endlich in den Sattel, nehme die Zügel in beide Hände und gebe Aurora eine leichte, kaum spürbare Hilfe. Sofort setzt sie sich in Bewegung. „Es reicht mir schon, dass ich diese Nervensäge weiterhin jeden Tag in der Schule ertragen muss", füge ich noch hinzu, während ich im gemütlichen Schritt auf den Waldrand zureite.

„Kein Problem. Ich würde nämlich sowieso viel lieber über meine Oma reden", gesellt Leo sich neben mich.

„Wieso? Was ist denn mit ihr?", erkundigt sich Pia, die zusammen mit Josh in zweiter Reihe reitet.

„Sie hat bald Geburtstag." Leo wirft einen flüchtigen Blick über die Schulter zu den beiden.

„Wirklich?"

„Mhm. Nächste Woche."

„Wie alt wird sie denn?", möchte ich wissen.

„Neunundsechzig."

„Schon?" Erstaunt reiße ich beide Augen auf.

„Wenn ich deine Großmutter mit meiner vergleiche, sind da Welten zwischen", meint Pia. „Deine Oma ist so ..."

„So wie du", beende ich Pias Satz und grinse Leo an.

„Ich weiß. Sie ist echt cool, was?" Mit stolzgeschwellter Brust richtet Leo ihren Blick nach vorn. „Und genau deswegen möchte ich ihr auch etwas ganz Besonderes schenken."

„Was denn?“, bringt sich nun auch Josh ins Gespräch mit ein.

„Tja, das ist das Problem. Ich weiß es noch nicht. Ich habe gehofft ihr könntet mir vielleicht helfen.“ Leo schaut uns abwechselnd an.

„Lass mal überlegen ... Wie wäre es mit einer neuen Haarschere. Ihr schneidet euch doch immer gegenseitig die Haare.“

„Das ist zwar richtig, aber mit unserer Schere ist noch alles in Ordnung. Es sei denn ich ...“ Leo brütet was aus. „Nein, das ist doch Blödsinn. Andere Vorschläge?“

„Vielleicht Häkelzeug?“, meint Josh.

„Wir reden hier doch nicht über irgendeinen Tattergreis. Wir reden über meine Oma Gerlinde, kapiert?“

„Unsere Oma“, verbessert Josh Leo.

„Was?“

„Schon vergessen? Ich bin dein Cousin. Mein Vater ist der Bruder deines Vaters. Das bedeutet, dass Oma Gerlinde auch meine Oma ist.“

„Ich weiß. Ich bin doch nicht blöd. Sag mal, hast *du* schon ein Geschenk für sie?“

„Na, hör mal, Leo. Was für eine Frage. Pfff. Selbstverständlich habe ich schon ein Geschenk für Oma Gerlinde.“

„Was ist es denn?“

„Es – es ist eine Überraschung. Eine richtig große“, sagt Josh geheimnisvoll. „Für mich übrigens auch“, fügt er dann kleinlaut hinzu. „Ich habe nämlich nicht den blassesten Schimmer, was ich ihr schenken soll.“

„Dafür weiß ich es jetzt!“, ruft Leo plötzlich freudestrahlend aus. „Ich kaufe ihr einfach die kompletten Staffeln von *Zeit der Herzensflügel*! Sie ist verrückt nach dieser Soap.“

„Was für ein Zufall. Das bist du auch.“ Ich grinse Leo frech an.

„Ich weiß. Somit wäre es nicht nur ein Geschenk für meine Omi, sondern auch irgendwie für mich. Ist das nicht toll? Ich bin ein Genie. Allerdings gibt es da ein klitzekleines Problem, fällt mir gerade ein. Ich glaube, mein Geld reicht dazu nicht so ganz aus.“ Betrübt beißt Leo auf ihrer Unterlippe herum.

„Wie viel hast du denn?“, will Pia wissen. Beide schauen wir Leo fragend an.

„Hm.“ Leo lehnt sich während des Reitens nach hinten, steckt ihre Hand in ihre Hosentasche, kramt etwas darin herum und ...

„Ich hab genau drei Euro vierundzwanzig und eine verbogene Büroklammer.“ Sie schaut von ihrem Reichtum zu uns auf. „Meint ihr, das reicht?“

„Nun ja ...“

„So ein Mist. Wie komme ich denn jetzt an genug Geld, um meiner Oma *das Geschenk* schlechthin zu machen?“

„Also, ich wüsste da was.“

„Was?“ Leo dreht ihren Kopf zu Pia um.

„Arbeiten?“

„Hast du denn keine andere Idee?“

„Leider nicht.“

„Und du?“ Leo schaut mich fragend an.

„Nee. Tut mir leid.“ Ich schüttle bedauernd den Kopf.

„Aber ist Kinderarbeit in Deutschland nicht verboten?“, versucht Leo sich vor dem Unvermeidlichen zu drücken.

„Du sollst doch nicht in eine Fabrik am Fließband arbeiten gehen. Oder auf den Bau – auch wenn ich gehört habe, dass man da ganz gut verdienen soll.“

„Na, super. Und was soll ich sonst machen?“

„Wie wäre es mit dem, was du am besten kannst?“, schlage ich vor. „Besser als alle anderen, verstehst du?“

„Was meinst du eigentlich?“

„Nun überleg doch mal.“

Leo legt ihre Stirn in Falten und grübelt. Sie grübelt und grübelt, und schließlich kommt ihr die Erleuchtung.

„Jetzt weiß ich's!“, strahlt sie bis über beide Ohren. „Streiche.“

„Wie bitte?“

„Das ist eine richtig geniale Idee, Sophie. Was kann ich besser, als alle anderen? Klar. Anderen Streiche spielen. Das ist eine Marktlücke. Jeder kennt doch jemanden, den er nicht richtig leiden kann oder dem er gerne mal etwas heimzahlen würde. So wie ich das immer bei Sebastian mache, meinem lieben Bruder. Ich verkaufe einfach Streiche. Super! Am besten fange ich damit gleich mal an. Vielen Dank, Sophie!“

„Äh – keine Ursache“, entgegne ich überrumpelt, während Leo Sunny, ihren supersüßen und manchmal richtig frechen Isländer anhält, kehrtmacht, ihre Schenkel leicht gegen seinen verfressenen kleinen Bauch presst und so schnell davongaloppiert, dass nur eine Staubwolke von den beiden übrig bleibt. „Eigentlich hatte ich da eher an so etwas wie Zeichnen gedacht“, meine ich zu Pia und Josh. „Na ja. Streiche spielen kann sie aber tatsächlich ganz gut.“ Gleichgültig zucke ich mit den Schultern, fordere Aurora auf, sich schneller zu bewegen, und rufe: „Wer als Erster an der alten Mühle ist!“ Mit einem kleinen Vorsprung sprinten Aurora und ich dann richtig los.

„Na, warte!“ Herausgefordert treibt Josh seine Stute an. „Euch kriegen wir schon! Schneller, Netty! Schneller!“

„Los, Marengo! Denen zeigen wir es!“, sagt nun auch Pia.

Mit Vollgas düsen wir den Waldweg hinunter Richtung Mühle. Ich gebe mich völlig Auroras Laufrhythmus hin und genieße den unbeschwerten Ritt durch die freie Natur. Der Wind fegt durch meine Haare, und ich spüre die Sonnenstrahlen auf meiner Haut, die durch die Bäume fallen. Warm streicheln sie mich, und ich fühle mich rundum glücklich.

Als wir an dem kleinen Bach, der nicht weit von der alten Mühle fließt, ankommen, habe ich selbst Lucas aus meinen Gedanken völlig gestrichen. Nichts, das diesen Augenblick auf Auroras Rücken überschatten könnte, ist noch da.

Völlig entspannt setzen Aurora und ich zum Sprung über den Bach an und ... fliegen! Ich schließe meine Augen, breite meine Arme zu den Seiten hin aus und genieße die Sekunden bis zu unserem Aufkommen, so sanft wie eine Feder. Zufrieden drehe ich mich nach Pia und Josh um. Im Gleichschritt steuern sie auf den Bach zu, heben gleichzeitig ab und kommen auch zusammen auf der anderen Seite an.

„Das war super!", freut Josh sich.

„Echt Wahnsinn!" Pia strahlt übers ganze Gesicht. „Gleich noch mal."

„Du hast wirklich großes Glück mit Aurora, Sophie. Sie ist so ein talentiertes Pferd. Mit ein bisschen Übung würde sicher ein ganz tolles Springpferd aus ihr werden. Die Anlagen dazu sind ganz klar da."

„Ich weiß, Josh." Stolz kraule ich von oben Auroras Mähne. „Sie ist ein richtiges Prachtpferd. Ja, das bist du. Das bist du wirklich, meine Schöne." Ich lehne mich nach vorn und umklammere zärtlich ihren Hals. Aurora wiehert genüsslich und bewegt ihren Kopf einmal auf und ab. Ich liebe sie!

3. Kapitel, in dem ich vor Wut glatt aus der Haut fahren könnte

$$(a-b)^2 = a^2 - 2ab + b^2$$

Mannmann, hat der Kerl große Ohren!, wundere ich mich, als ich einen Tag später neben Lucas auf meinem Platz in der Klasse sitze. Na ja, wenigstens scheinen sie sauber zu sein. Ich linse in seine Muschel und überlege, wie ich diese Nervensäge neben mir am besten und so schnell wie möglich wieder loswerden könnte. Doch egal, wie sehr ich mich auch anstrenge, mir fällt einfach nichts ein.

„Was starrst du mich denn so an?!", zischt Lucas mich plötzlich von der Seite an, als unsere Mathematiklehrerin uns gerade den Rücken zukehrt, um eine Formel an die Tafel zu schreiben.

„Ich starre dich gar nicht an", erwidere ich patzig.

„Ach nein? Und wie nennst du das dann sonst? Stieren?"

„Was?", piepse ich.

„Glaubst du, ich merke nicht, wie du mich die ganze Zeit anguckst?"

„Sag mal, was bildest du dir eigentlich ein, hä?" Ich werfe rasch einen prüfenden Blick zu unserer Lehrerin hinüber. „Wieso sollte ich dich angucken? So schön bist du nun auch wieder nicht. Wirklich nicht!"

„Was ist dahinten los?" Frau Mörsers, unsere Lehrerin, fixiert uns mit ihren wachen Augen.

„Ich weiß auch nicht", ergreift Lucas sofort das Wort. „Sophie starrt mich die ganze Zeit an, und das nervt."

„Hä?!" Entrüstet schaue ich von unserer Lehrerin zu Lucas. Dabei schüttle ich heftig meine roten Locken. „Was quasselst du denn da für einen Müll?"

„Sophie."

„Ja, Frau Mörsers?"

„Ich kann ja verstehen, dass Lucas für dich viel interessanter zu sein scheint als unsere Rechnungen hier, ..." Kaum hat Frau Mörsers die Worte ausgesprochen, geht auch schon lautes Gekicher und Getuschel durch die Bänke. „... aber ich möchte dich an dieser Stelle erinnern, dass in der nächsten Klassenarbeit keine einzige Frage zu Lucas Aussehen vorkommt. Du solltest dich also etwas mehr auf den Unterricht und etwas weniger auf deinen Tischnachbarn konzentrieren."

„Aber so ist das nicht!" Mit zusammengezogenen Augenbrauen werfe ich Lucas einen vernichtenden Blick von der Seite zu.

„Da! Sehen Sie? Sie tut es ja schon wieder."

„Sophie, wenn du dich nicht konzentrieren kannst, dann werde ich euch auseinander setzen müssen."

„Wie bitte? Ich bin hier wohl im falschen Film. Das glaube ich ja alles nicht."

„Das kannst du ruhig glauben."

„Aber –"

„Nichts aber. Jetzt ist es gut. Ich möchte mit dem Unterricht fortfahren. Das gilt für euch alle. Schluss mit dem Getuschel und Gekicher." Nach einem letzten ermahnenden Blick in meine Richtung dreht Frau Mörsers sich wieder zur Tafel um.

Das kann doch wohl nicht wahr sein. Ich und Lucas interessant finden? Völlig ausgeschlossen. Das ist ein Widerspruch in sich. Ich bombardiere Lucas mit vernichtenden Blicken.

Leider sind die Blicke dann doch nicht so vernichtend, wie ich es mir wünschen würde. Denn Lucas sitzt immer noch völlig unbeschadet neben mir und kritzelt irgendetwas in sein Mathematikheft, das aussieht wie ein Galgenmännchen.

Völlig gedankenverloren grinst er vor sich hin, während er den Bleistift übers Papier schwingt. Dann schnappt er sich einen roten Buntstift aus seinem Mäppchen, und sein Männchen am Galgen bekommt lange, rote Locken.

Moment mal! Soll das etwa ich sein, oder was? Na, warte. Was du kannst, kann ich schon lange. Ich schnappe mir einen Bleistift, krame Tabu, Leos, Pias und mein Freundinnenbuch, aus meinem Rucksack und schlage es auf. Und dann fange ich ebenfalls an zu zeichnen. Und siehe da. Nach nur wenigen Augenblicken bin ich auch schon fertig.

Ich lege den Stift beiseite und betrachte äußerst zufrieden mein Kunstwerk.

Zugegeben, das Ganze sieht zwar nicht gerade wie ein Picasso aus und kann auch Leos Zeichnungen bei Weitem nicht das Wasser reichen, aber für Lucas reicht es alle Male. Vor allem konnte ich mich damit wenigstens ein bisschen abreagieren.

Als es dann endlich zur Pause klingelt, schlage ich Tabu zu. Ich will es gerade zurück in meinem Rucksack packen, als Olivia, das Mädchen mit den halblangen, blonden Haaren und dem durchdringenden Blick, an meinen Tisch spaziert kommt. Sie schielt auf Tabu hinunter und krallt es sich, ohne zu fragen.

„Was ist das?“ Sie blättert darin herum. „Dein Tagebuch?“

„Nein. Es – es ist ein Freundinnenbuch.“

„So, ein Freundinnenbuch also. Sind die Bilder da von dir?“

„Nein. Die nicht. Die sind von Leo.“

„Hm. Nicht schlecht.“

„Kann ich es jetzt bitte wiederhaben?“

„Wieso? Hast du etwa Angst, dass ich was zu lesen bekomme, das dir peinlich sein könnte?“ Ungerührt blättert sie weiter in Tabu rum. „Wie zum Beispiel etwas über deinen Schwarm hier.“ Sie schaut zu Lucas hinüber.

„Ganz bestimmt nicht. Und jetzt würde ich es wirklich gerne wiederhaben.“ Ich strecke meine Hand nach Tabu aus.

„Nicht so schnell. Ich bin doch noch gar nicht fertig mit dem Schauen.“

„Hast du nicht gehört, was sie gerade gesagt hat?“, mischt sich auf einmal Lucas ein. „Na los. Gibt ihr das Buch wieder.“ Total gelassen fischt er ein Pausenbrot aus seinem blaugrauen Schulranzen und steht von seinem Stuhl auf.

Mir klappt die Kinnlade nach unten. Lucas ergreift tatsächlich Partei für mich. Für mich! Dass ich das noch erlebe ...

„Wird es heute noch was? Ach, gib her." Kurzerhand reißt Lucas Olivia Tabu aus den Händen und wirft es vor mich auf den Tisch.

„Danke", hauche ich und glaube selbst kaum, was ich da sage. Und vor allem zu wem ich es sage.

„Also, an deiner Stelle würde ich mich nicht mit mir anlegen." Beleidigt verschränkt Olivia beide Arme vor der Brust.

„Sonst was?" Ungerührt beißt Lucas in sein Käsebrot.

„Pfff. Das wirst du ja noch sehen", droht sie ihm, dreht uns schwungvoll den Rücken zu und marschiert stampfend davon.

„Blöde Kuh", zischt Lucas und setzt sich langsam in Bewegung.

Ich packe Tabu schnell in meinen Rucksack und laufe ihm nach.

Das war jetzt schon das zweite Mal, dass Lucas nett zu mir war. Und beide Male kam es wie aus heiterem Himmel. Langsam wird mir das Ganze etwas unheimlich. Habe ich mich vielleicht doch in ihm getäuscht?

Wer weiß? Womöglich schlummert in seiner nervenzerreißenden Brust ja doch irgendwo ein echt netter Kerl, der nur darauf wartet, herausgelassen zu werden.

So wie damals, als er mir bei unserem Reiterhoffest seinen Gewinn überlassen hat.

Das war so: Gemeinsam mit Leo, Pia und ein paar anderen Leuten vom Reiterhof haben wir ein kleines Fest veranstaltet, um den Hof zu retten. Ihm drohte die Schließung, weil unter anderem kein Geld für die ganzen Reparaturen am Stall da war.

Die Hauptattraktion unseres Festes war eine Tombola, bei der man ein Treffen mit Elias gewinnen konnte. Elias ist ein Jungschauspieler, der dank meines Vaters in der Filmbranche mittlerweile recht gefragt ist. Mein Vater ist nämlich Schauspielagent und ständig auf der Suche nach neuen Talenten, die er dann weitervermitteln kann. Und Elias ist einer von seinen Schützlingen, die er unter Vertrag hat.

Wie der Zufall so spielt hat Lucas das Treffen mit Elias gewonnen. Bloß wollte er sich viel lieber mit Leo und nicht mit Elias treffen. Daher hat er seinen Gewinn mir überlassen – worüber ich mich wirklich sehr gefreut habe, denn ich mag Elias wirklich gerne. Leider sehen wir uns kaum. Dafür sehe ich Lucas umso öfter. Und ab und zu überrascht er mich. So wie gerade, als er mir Tabu wiederbeschafft hat.

„Was glotzt du mich denn jetzt schon wieder so komisch an?", will er von mir wissen, nachdem ich ihn aufgeholt habe.

„Nichts. Ich – ich –"

„Willst du ein Passfoto, oder was?"

„Nein danke", entgegne ich, während wir das Klassenzimmer verlassen. „Ich hab auch ohne manchmal Albträume."

„Vielleicht solltest du dann nicht zu lange in den Spiegel schauen vor dem Schlafengehen", erwidert er beim Sprint die Treppen hinunter.

„Sehr witzig."

„Sollte kein Scherz sein." Unten angekommen drückt er die Tür zum Schulhof auf, und wir kommen ins Freie.

„Sag mal, was ist eigentlich dein Problem?" Ich bleibe wie angewurzelt stehen.

„Wieso?"

„Noch vor einer Sekunde warst du richtig nett und hilfsbereit."

„Das solltest du nicht zu persönlich nehmen."

„Wie?"

„Ich habe es für mich getan und nicht für dich."

„Ich verstehe nicht."

„Das habe ich mir schon fast gedacht. Also, so wie ich das sehe, sitzen wir hier im gleichen Boot. Wir sind beide neu an dieser Schule und müssen zusammenhalten."

„Wow. Das hätte ich echt nicht von dir erwartet. Sieht wohl so aus, als hätte ich mich ganz schön in dir getäuscht."

„Tja, da bist du nicht die Erste und auch ganz sicher nicht die Letzte. Außerdem ist es ganz alleine mein Job, dich zu ärgern. Und den Spaß will ich mir doch nicht von jemand anderem nehmen lassen", meint er und zwinkert mir keck zu. „Übrigens." Er schaut mich mitfühlend an. „Das mit uns wird nie was, Sophie. Du weißt ja. Ich mag Leo."

„Wie bitte?"

„Na, du kannst deine wahren Gefühle für mich eben nicht besonders gut verbergen. Ich meine, ich hab's echt nicht gemerkt, bis unsere Mathematiklehrerin mir vorhin die Augen geöffnet hat."

„Meine wahren Gefühle? Was?! Ich zeige dir gleich mal meine wahren Gefühle!" Ich balle meine Hand zur Faust.

„Kämpfe doch nicht dagegen an. Wenn du dir eingestehst, dass du auf mich stehst, dann wird es dir gleich viel besser gehen."

„Du hast sie doch nicht mehr alle beisammen! Die einzigen Gefühle, die ich für dich hege, sind Hassgefühle, kapiert?!"

„Eine Hassliebe sozusagen. Verstehe." Er nickt.

„Mit Liebe hat mein Hass dir gegenüber nicht das Geringste zu tun!", rege ich mich auf.

„Ja, ja, vielleicht solltest du dir das wirklich weiterhin einreden. Wenn es die beste Lösung für dich ist, über mich hinwegzukommen ... "

WAS?! Ich könnte platzen vor Wut! Bitte! Bitte, jemand sollte ihm jetzt unbedingt den Mund zuhalten, sonst raste ich gleich noch aus und erwürge ihn! Der ist doch total verrückt. Was bildest der Kerl sich eigentlich ein?! Er gehört in die geschlossene Anstalt. Ganz klar. Und das am besten für immer!

„Hey, Sophie!“ Zusammen mit Pia steuert Leo gut gelaunt auf mich zu.

„Hallo, Leo“, begrüßt Lucas Leo und strahlt übers ganze Gesicht.

„Hi“, entgegnet diese kurz in Lucas Richtung, während sie mich besorgt anschaut. „O-o. Was ist denn hier los? Ich kenne diesen Blick. Pia, guck mal. Guck mal, wie ihr rechtes Auge zuckt. Alle Mann in Deckung! Ruhig, Sophie. Ganz ruhig. Was ist denn passiert?“

Ohne ein Wort sagen zu können, deute ich kopfschüttelnd zu Lucas hinüber.

„Was hast du gemacht?“, will Leo sofort von ihm wissen.

„Nichts.“ Unschuldig zuckt Lucas mit den Schultern.

„Anscheinend war es ein bisschen mehr. Schau sie dir doch mal an.“

„Tsss.“ Immer noch schüttle ich nur fassungslos meinen Kopf.

„Wie hast du das bloß geschafft?“

„Aber was denn?“

„Na, siehst du das denn nicht. Sie steht kurz vor dem Ausflippen.“

„Am besten gehst du jetzt“, schlägt Pia Lucas vor. Dabei legt sie beruhigend einen Arm um meine Schultern.

„Nur noch eine Sekunde, dann bin ich sofort weg.“ Lucas schaut verwirrt von Pia über mich zu Leo. „Ich wollte dich nur noch kurz fragen, ob du Lust hast, ins Kino zu gehen?“

„Ins Kino. Hm.“ Leo überlegt einen Augenblick. „Klar. Wieso eigentlich nicht?“, meint sie schließlich in ihrer gewohnt lockerlässigen Art.

„Super. Ich hole dich dann heute Abend ab.“

„Ach, du meintest mit dir?“

„Was dachtest du denn?“

„Nichts. Aber nur, wenn es sich absolut nicht vermeiden lässt“, entgegnet Leo keck. „Ruf mich einfach mal nach der Schule an. Dann sehen wir weiter mit dem Kino.“

„Das mache ich. Und du ...“, er dreht seinen Kopf in meine Richtung, „... nicht traurig sein. Du findest schon noch einen anderen. Bis später dann.“ Damit verschwindet er, und mir platzt endgültig der Kragen.

„Das reicht! Genug ist genug! Haltet mich fest. Haltet mich ja gut fest, sonst gehe ich dem Kerl an die Gurgel!“

„Nun beruhige dich doch, Sophie, und erzähl uns, was passiert ist.“

„Dieser kleine Spinner ist eindeutig zu weit gegangen. Ich kann ihn einfach nicht leiden. Der Kerl ist so unverschämt. Das glaubt ihr gar nicht. Der bildet sich tatsächlich ein, ich wäre in ihn verliebt. Ich!“

Leo lacht sich ins Fäustchen. Sofort durchbohre ich sie mit einem bösen Blick.

„'tschuldigung“, sagt sie und räuspert sich kurz. „Aber – aber wie kommt er bloß auf diese Idee“, versucht Leo sich das Lachen immer noch zu verkneifen.

„Unsere Mathematiklehrerin hat ihn auf diesen Trichter gebracht“, erkläre ich. „Und nicht nur ihn. Die gesamte Klasse glaubt, ich wäre in ihn verschossen.“

„Bist du es denn?“

„Ich werfe Leo einen Blick zu, der sie in ihren Schatten zurückweichen lässt.

„’tschuldigung“, meint sie aus geduckter Haltung.

„Was mache ich denn jetzt? Wie stelle ich die ganze Sache jetzt am besten richtig? Ich kann das doch unmöglich so auf mir sitzen lassen.“

„Ach, versuch das Ganze einfach zu vergessen. Genau wie Lucas.“

„Wie soll denn das bitte schön gehen?“, fauche ich Pia ungewollt an. „Hast du nicht gehört, was ich gerade gesagt habe? Alle in meiner Klasse glauben, ich finde diesen Schwachkopf toll.“

„Denk an was Schönes“, rät mir Pia so, als ob es das Einfachste von der Welt wäre.

„Ich befürchte, es gibt nichts auf der Welt, das so schön ist, dass es mich Lucas so einfach vergessen lässt.“

„Hey, Moment mal! Und was ist mit mir?“ Leo stemmt beide Hände in die Hüften und posiert vor mir herum wie ein Fotomodell. Sofort fängt Pia an zu lachen. Und auch mir ringt sie damit ein kleines Lächeln ab.

„Siehst du? Geht doch.“

„Du bist echt verrückt“, schmunzle ich.

„Ich weiß“, entgegnet Leo, die das offensichtlich als Kompliment auffasst. Was es für sie ja auch irgendwie ist.

„Da wir gerade bei schönen Dingen sind“, fängt Pia wieder an. „Leo und ich haben uns überlegt, dass es doch toll wäre, wieder mal eine kleine Schnitzeljagd zu veranstalten. Das haben wir schon ewig nicht mehr gemacht. Hast du Lust, mitzumachen? Dann treffen wir uns heute Nachmittag auf dem Reiterhof, ja?“

„Klar!“ Ich freue mich schon riesig darauf. Doch auf einmal fällt mein Gesicht in sich zusammen. „Da fällt mir ein: Ich kann heute gar nicht.“

„Wieso denn nicht?“

„Ich muss mein Zimmer aufräumen.“

„Aber dein Zimmer ist doch *immer* aufgeräumt“, wundert Leo sich.

„Im Vergleich zu deinem Zimmer ist jedes Zimmer aufgeräumt.“

„Willst du damit etwa sagen, dass es bei mir immer unordentlich ist?“

„Ja, das will ich“, entgegne ich.

„Hm. Dem kann ich wohl leider nicht widersprechen.“

Tja. Das kann sie wirklich nicht. Denn genauso chaotisch wie Leo selbst ist auch ihr Zimmer. Überall auf dem Boden liegen Klamotten verstreut. Neben dem Bett stapeln sich Bücher, und die Wände sind über und über mit selbst gezeichneten Bildern tapeziert – wirklich tollen Bilder im Übrigen.

Leo ist eine kleine Künstlerin. Sie kann mit einem Bleistift umgehen, wie sonst niemand, den ich kenne – abgesehen von Pias Mutter, die als Illustratorin arbeitet.

Trotzdem haut mich Leos Talent fast jedes Mal aufs Neue um. Wann immer ich Tabu, unser Freundinnenbuch, in die Finger kriege, sind neue Bilder von ihr drin.

„Und wie wäre es, wenn du dein Zimmer einfach später aufräumen würdest?“, will Pia auf einmal von mir wissen. „Nach der Schnitzeljagd, meine ich.“

„So lange kann das nicht warten. Leider. Mein Vater – “ Ehe ich den Satz beenden kann, rempelt mich jemand von hinten an.

Ich drehe meinen Kopf zur Seite und sehe, wie Olivia in Zeitlupe an mir vorbeischlendert. Dabei starrt sie mich die ganze Zeit an. Ich starre zurück.

„Ist was?"

„Nein. Nein, es ist nichts." Ich schüttle den Kopf und wende mich meinen Freundinnen zu, nachdem Olivia mit Sarah und Ester, ihren ständigen Begleiterinnen, vorbeigezogen ist.

„Wieso lässt du dir das so einfach gefallen, hä?", ärgert sich Leo.

„Wie unhöflich. Sie hätte sich doch wenigstens dafür entschuldigen müssen, dass sie dich so angerempelt hat."

„Na, warte. Der dummen Pute zeige ich es." Angriffslustig krempelt Leo ihre Ärmel hoch und will sich auch schon in Bewegung setzen, als ich sie gerade noch rechtzeitig am Oberarm zu fassen kriege und festhalte.

„Lass gut sein, Leo", meine ich beschwichtigend. „Ich will keinen Ärger. Ich bin ganz neu hier und will es mir nicht gleich in der ersten Woche mit den Leuten hier verscherzen."

„Leute? Da gehört *die* aber ganz sicher nicht dazu."

„Wie meinst du das?"

„Olivia ist ein Biest. Sie denkt, sie wäre etwas Besseres als all die anderen hier. Und dementsprechend behandelt sie auch alle. Siehst du ihre zwei Freundinnen?"

„Sarah und Ester?"

„Genau. Die drei glauben, die Schule würde ihnen gehören und die Schüler seien ihre Untertanen oder so. Und genau deswegen musst du dich auch wehren, wenn sie dir zu nahe treten. Du musst Olivia und ihren zwei Gefolgshühnern zeigen, dass sie dir nicht so einfach auf der Nase herumtanzen können. Verstehst du?"

„Ich verstehe. Aber heute lassen wir es trotzdem auf sich beruhen, okay?“

„Wie du willst. Es geht ja schließlich um deine Nase.“

„Richtig.“

„Also, was ist jetzt. Sehen wir uns später auf dem Reiterhof oder nicht?“

„Wie gesagt, ich kann nicht. Mein Vater hat sich in den Kopf gesetzt, mein Zimmer als Castingkulisse zu nutzen“, fahre ich an der Stelle fort, an der ich vorhin von Olivia gestört wurde. „Eine Filmproduktionsfirma ist auf der Suche nach der Hauptdarstellerin für einen Kinderfilm. Es soll ein ganz neues und unverbrauchtes Gesicht sein, meinte er gestern Abend zu mir. Und da sie nach einem Teenager suchen, wollen sie ihn auch direkt in der richtigen Umgebung casten. Heute Nachmittag kommen auch schon die Ersten, die sich um die Rolle bewerben möchten.“

„Und worum soll es in dem Film gehen?“

„Keine Ahnung.“ Ich zucke mit den Schultern. „Ist mir ehrlich gesagt auch völlig schnuppe. Schade finde ich nur, dass ich wegen diesem Quatsch die Schnitzeljagd heute verpasse. Würde bestimmt lustig werden.“

„Weißt du was? Wir helfen dir beim Aufräumen“, schlägt Pia auf einmal vor.

„Wir tun was?“ Leo schaut Pia total entgeistert an.

„Wir helfen Sophie beim Aufräumen.“

„Und wen genau meinst du mit wir?“

„Na, dich und mich natürlich.“

„Das habe ich befürchtet.“

„Dann geht es viel schneller und du kannst doch noch zum Reiterhof“, wendet Pia sich mir zu.

„Meint ihr das ernst?"

„Klar. Wieso nicht?."

„Das ist ja echt süß von euch."

„Dann ist es abgemacht. Wir treffen uns nach dem Mittagessen bei dir." Pia schaut nickend von mir zu Leo.

„Kann ich aus diesem Vertrag vielleicht noch aussteigen?", erkundigt sich Leo hoffnungsvoll.

„Nichts da!"

„So ein Mist!"

4. Kapitel,
in dem ich feststelle, dass der erste Eindruck manchmal täuscht

Während ich zu Mittag eine Tiefkühlpizza verspachtele, leistet Daria, unsere Putzfrau, mir in der Küche Gesellschaft.

„Da wechsele ich extra die Schule, um unter anderem diesen Spinner nicht mehr sehen zu müssen, und was ist? Er folgt mir. Wieso ist er nicht auf der blöden Privatschule geblieben genau wie all die anderen Nervensägen?" Verärgert schiebe ich mir ein Stück Pizza in den Mund.

„Ich glaube, Lucas kann nichts dafür."

„Wie meinst du das?", frage ich kauend.

„Ich habe gehört, dass seine Eltern sich an der Börse verspekuliert haben."

„Du meinst, sie können sich die Privatschule nicht mehr leisten? Und nur deshalb ist er auf eine öffentliche gewechselt?"

„Ja, ich denke schon. Könnte doch durchaus sein, oder?"

„Oh." Betroffen schlucke ich den Bissen hinunter. „Und trotzdem", fange ich wieder an. „Das ändert nichts an der Tatsache, dass Lucas ein Vollidiot ist."

„Sei nicht so streng mit ihm. Er macht sicher momentan eine schwierige Zeit durch."

„Ein Vollidiot ist er aber nicht erst seit vorgestern, sondern schon immer gewesen, so weit ich mich erinnern kann."

„Na, dann weiß ich auch nicht, wie ich dir helfen kann." Daria schnappt sich einen Lappen und macht sich wieder an die Arbeit. Voller Eifer wischt sie die Arbeitsfläche ab. „Was macht ihr hier bloß immer für eine Sauerei?“

„Das alles machen wir doch nur dir zuliebe“, entgegne ich grinsend, während ich mir das nächste Stückchen Pizza in den Mund schiebe. „Wir wissen doch, wie gerne du putzt.“

„Stimmt.“ Daria zuckt kurz mit den Schultern und macht sich über einen besonders hartnäckigen Fleck her.

Während sie fleißig putzt, verputze ich meine Pizza. Nachdem ich damit fertig bin, stelle ich meinen Teller in die Geschirrspülmaschine.

„Ich bin dann jetzt oben in meinem Zimmer.“

„Alles klar.“

Ich setze mich in Bewegung.

„Sag mal, Sophie“, meint Daria zögerlich. „Gehst du heute eigentlich noch zum Reiterhof?“, will sie von mir wissen.

Ich bleibe stehen und drehe mich zu ihr um. „Ich denke schon. Na ja, vorausgesetzt, ich kann das Chaos in meinem Zimmer beseitigen. Wieso fragst du?“

„Ach, nur so.“ Sie winkt mit dem Lappen in der Hand ab. Ich schüttle kurz den Kopf und will mich gerade wieder abwenden und in mein Zimmer gehen, als Daria erneut das Wort ergreift.

„Wenn du Rolf siehst ...“, meint sie zur Spüle, „... dann – dann grüß ihn doch bitte von mir, ja?“

„Verstehe.“ Ich grinse sie keck an und nicke verklärt.

Daria und Rolf, Reiterhofbesitzer und Joshs Vater, haben sich bei dem Reiterhoffest kennengelernt. Und wenn man mich fragt, dann hat es zwischen den beiden ganz schön gefunkt. Seitdem haben sie sich ein paarmal getroffen. Es wurde allerhöchste Zeit, dass Rolf endlich eine nette Frau kennenlernt. Schließlich hat Joshs Mutter ja auch schon seit Langem einen neuen Partner an ihrer Seite. Und zwar unseren Apotheker. Gemeinsam mit Josh wohnen sie gleich über dem Laden in der Stadt.

„Da wäre noch was, Sophie."

„Ja?"

„Dein Vater hat vorhin angerufen. Er hat noch einmal gefragt, ob es wirklich okay für dich ist, wenn er das Casting in deinem Zimmer veranstaltet."

Ich nicke nur.

„Gut. Er kommt etwas später als vereinbart."

„War doch klar", murmele ich, während ich die Küche verlasse und mich auf den Weg in mein Zimmer mache.

Für mich ist es nichts Neues, dass meine Eltern nie pünktlich von der Arbeit nach Hause kommen. Sie arbeiten sowieso fast rund um die Uhr.

Meine Mutter ist genau wie mein Vater selbstständig. Allerdings in einer völlig anderen Branche: Sie ist Innenarchitektin mit einem mehr als nur vollen Terminkalender. Manchmal würde ich die Terminkalender meiner Eltern am liebsten auf den Mond schießen oder ins Kaminfeuer werfen. Vielleicht hätten sie ja dann etwas mehr Zeit für mich und meine Schwester Jessica, denke ich, als ich mein Zimmer betrete.

„Also, wo fange ich denn jetzt am besten mit dem Aufräumen an?" Ich lasse meinen Blick durchs Zimmer schweifen. „Hm. Ich habe keinen Bock." Wieso musste mein Vater sich auch ausgerechnet *mein* Zimmer für sein Vorhaben aussuchen? Ganz klar. Weil Jessica ihres niemals für so etwas hergeben würde.

Es nützt ja alles nichts. Wenn ich gleich noch zum Reiterhof will, dann sollte ich so schnell wie möglich mit der Arbeit hier beginnen.

Also raffe ich mich mühselig auf. Dabei komme ich wirklich nur sehr schwer in die Gänge. Und zu allem Überfluss lasse ich mich auch noch allzu gern von allem ablenken. Seien es die Vögel, die draußen im Baum vor meinem Fenster hocken und zwitschern, oder von Tabu, das mir zufällig in die Hände fällt. Ich schiebe den ganzen Papierkram und die auf dem Schreibtisch herrschende Unordnung zur Seite und lasse mich vor Tabu auf meinem Schreibtischstuhl nieder.

Nachdem ich es aufgeschlagen und mir einen Stift geschnappt habe, fange ich an zu schreiben.

Mist!
Alles Mist.
Aufräumen Mist.
Schule Mist.
Olivia Mist.
Lucas ganz großer Mist.
Hätte ich gewusst, dass Lucas ebenfalls vorhat, die Schule zu wechseln, ja, dann hätte ich mir die ganze Aktion mit dem Schulwechsel vielleicht noch mal anders überlegt. Obwohl – nee! Schließlich habe ich die Privatschule nicht wegen Lucas verlassen wollen, sondern wegen – ach, einfach wegen allem.
Tja, bloß habe ich jetzt nicht nur Lucas am Hals, sondern auch noch Olivia, die aus einem mir unerklärlichen Grund etwas gegen mich hat. Dabei habe ich der Frau nichts getan. Genauso wenig wie ihren zwei Freundinnen Sarah und Ester.
Na ja, zum Glück habe ich da noch wenigstens Leo und Pia.

Meine Freundinnen! Meine lieben, lieben Freundinnen, die nun schon viel zu spät zum Aufräumen kommen, bei dem sie mir ja unbedingt helfen wollten.
Wo bleibt ihr, Mädels? Ich brauche schleunigst eine extragroße Dosis Pferd! Und das bekomme ich erst, wenn das Zimmer sauber ist. Also, beeilt euch!

PS: Wenn eine von euch das liest, dann sind wir höchstwahrscheinlich schon längst fertig mit dem blöden Aufräumen. Daher: Danke für die Hilfe dabei!

Sophie, 20. August

Kaum bin ich mit meinem Eintrag fertig, höre ich, wie jemand von außen auf die Türklinke drückt und meine Zimmertür aufgeht.

„Na, endlich!“ Ich springe vom Bett. Als ich dann erwartungsvoll aufschaue, bemerke ich zu meiner Überraschung, dass es nicht etwa Pia und Leo sind, die in mein Zimmer spaziert kommen, sondern Jessica, meine Schwester.

„Was willst du denn hier?“ Ich werfe ihr einen total verwirrten Blick zu. „Hast du dich in der Tür geirrt?“

„Wieso? Das ist doch dein Zimmer oder?“ Sie schaut sich verunsichert nach allen Seiten um.

„Ja, schon, aber du warst schon seit Wochen nicht mehr hier.“

„Keine Sorge. Ich verschwinde auch gleich wieder.“ Sie setzt sich auf mein Bett. „Ich wollte nur mal fragen, wie es so auf der neuen Schule läuft.“

„Großartig“, schwindle ich und klappe Tabu schnell zu. „Einfach spitzenmäßig.“

„Und hast du schon ein paar neue Freunde gefunden?“

„Freunde? Klar. Weißt du, da gibt es so drei Mädels in meiner Klasse. Und heute, da sind wir uns richtig nahe gekommen.“

„Ach, tatsächlich?“

„Ja. Wir wollen uns sogar mal treffen.“ Gezwungenermaßen jeden Tag in der Schule.

„Das klingt gut.“

„Ist es auch.“ Und wie. Juhu! Ich könnte glatt heulen. Allerdings nicht wirklich vor Glück.

„Na, dann.“ Jessica steht wieder auf. „Das war eigentlich schon alles, was ich wissen wollte.“

„Mehr nicht?“ Ich erhebe mich von meinem Stuhl. Irgendwie gefällt es mir, wie Jessica sich für mich interessiert. Auch wenn ich es nicht übers Herz bringe, ihr die Wahrheit zu sagen.

Sie hat sich damals auf meine Seite geschlagen, als es darum ging, unsere Eltern von meinem Schulwechsel zu überzeugen. Ich fand es so rührend, weil wir bis dahin nicht wirklich viel miteinander am Hut hatten, obwohl wir ja Schwestern sind. Seitdem haben wir zwar immer noch nicht wirklich viel miteinander zu tun, aber das Gefühl ist trotzdem anders. Und immerhin: Sie kommt extra den weiten Weg aus ihrem Zimmer her, um zu fragen, wie es bei mir läuft. Wir sind auf einem guten Weg, wir beide.

In diesem Moment klopft es an der Tür. Eine Sekunde später springt sie auf, und Leo und Pia marschieren herein.

„Stören wir?“, will Pia wissen, als sie meine Schwester und mich in meinem Zimmer stehen sieht.

„Nein." Jessica schüttelt ihre lange Mähne. „Ich wollte sowieso gerade gehen." Lächelnd schlängelt sie sich an Leo und Pia vorbei und verlässt mein Zimmer.

„Das war meine Schwester."

„Das wissen wir."

„Sie wollte sich nur erkundigen, wie es so auf der neuen Schule läuft."

„Schön."

„Ja." Ich grinse zufrieden vor mich hin. „Das ist es. Und jetzt lasst uns loslegen. Ich kann es kaum noch erwarten, endlich zu Aurora zu kommen. Wie ihr seht, habe ich schon einmal ohne euch angefangen."

„Womit denn?"

„Na, mit dem Aufräumen."

„Wo?" Leo kratzt sich an der Schläfe.

Ich schaue mich in meinem Zimmer um. Und tatsächlich – es ist nicht die winzigste Veränderung zu sehen. Genau genommen sieht es noch so aus wie zu dem Zeitpunkt meines Eintretens vor ungefähr einer Stunde.

„Na, ja. Ich habe schon mal mental angefangen, hier aufzuräumen", meine ich.

„Mental", wiederholen Leo und Pia im Chor.

„Auf so große Veränderungen muss man sich halt erst mal einstellen, bevor man sie dann tatsächlich vornimmt."

„Ist klar." Meine Freundinnen schmunzeln. Und ich tue es ihnen gleich.

„Na, dann wollen wir mal." Pia krempelt ihre Ärmel hoch.

Während Pia und ich uns auch noch nach einer Viertelstunde richtig ins Zeug legen, schwächelt Leo bereits ein bisschen.

„Vom Rumstehen wird das Zimmer hier nicht sauber", meint Pia zu ihr. „Du sollst doch mit aufräumen."

„Aber ich räume doch auf", erwidert Leo mit vollem Mund. „Siehst du das denn nicht?" Sie schiebt sich eine Handvoll Chips in den Mund. „Die Krümel in der Tüte verschwinden schließlich nicht von alleine. Jemand muss sie schon verputzen. Und da ihr beiden mit Staubwischen und Zusammenräumen beschäftigt seid ..."

„Wie aufopfernd von dir, Leo."

„Tja, so bin ich nun mal." Leo schnappt sich die Chipstüte und schüttet sich den restlichen Inhalt auf einmal in den Mund. Leider landet das Wenigste davon wirklich in ihrem Mund, sondern auf dem Boden.

„Leo."

„Was denn?"

Pia deutet auf die Krümel, die um Leo herum auf dem Boden verteilt liegen.

„Keine Sorge. Ich mache das schon weg." Sofort kniet Leo sich hin und fängt an, die Krümel einzeln aufzusammeln und sie sich tatsächlich in den Mund zu schieben.

„Igitt. Ist das eklig."

„Die Chips? Quatsch. Die sind gut. Auch mal probieren?" Leo hält uns die paar Krümel in ihrer Hand hin.

„Nein, danke. Wir wollen dir ja nichts wegessen."

„Um so besser." Leo führt die Hand zu ihrem Mund und leckt die Krümel davon ab.

Pia und ich schütteln uns.

„Wie es scheint, ist der Boden sauber genug, um davon zu essen. Somit sind wir wohl auch fertig mit dem Aufräumen. Was sagt ihr, Mädels?", frage ich, während ich mich zufrieden in meinem Zimmer umsehe.

„Na, endlich!" Leo steht mühselig wieder auf. „Ich bin nämlich bis obenhin voll." Sie schiebt mit dem Fuß die restlichen Krümel unter mein Bett, klopft sich die Hände sauber und meint: „Auf geht's zum Reiterhof!"

„Und was ist mit deinem Vater?", fragt Pia mich.

„Was soll mit ihm sein?"

„Ich meine doch wegen dieser Castinggeschichte hier in deinem Zimmer."

„Mach dir darüber mal keine Gedanken. Mein Zimmer wird er schon von alleine finden", sage ich und verlasse als Erste meine Bude.

Unten im Flur schlüpfe ich dann schnell in meine Schuhe und reiße voller Vorfreude auf Aurora und einen Ausflug auf ihrem Rücken die Haustür auf.

Ich traue kaum meinen Augen.

„Du?"

„Hallo, Sofia."

„Mein Name ist Sophie."

„Richtig. Sophie."

Leo schaut überrascht von meinem unerwarteten Gast zu mir und wieder zurück. „Was willst *du* denn hier? Sag mal, weißt du, was die hier will?", fragt sie mich dann verwundert. Wortlos schüttle ich meinen Kopf und schaue Olivia fragend an.

„Ich wollte dich nur mal besuchen und – na ja. Außerdem wollte ich mich auch noch bei dir entschuldigen. Du weißt schon. Wegen vorhin in der Schule."

„Dann tu es doch." Leo verschränkt beide Arme vor der Brust.

„Aber das habe ich doch gerade getan, oder?“ Olivia schnappt sich eine ihrer blonden Haarsträhnen und wickelt sie sich unschuldig um den rechten Zeigefinger.

„Eigentlich hast du das nicht“, meldet Pia sich kleinlaut zu Wort. „Du hast nur gesagt, dass du es tun möchtest.“

„Wie auch immer. Darf ich vielleicht reinkommen?“ Ohne eine Antwort abzuwarten, drängt Olivia sich auch schon an mir und Leo ins Haus vorbei.

„Wir wollten gerade weg.“ Patzig schnappt Leo sich die Haustürklinke und öffnet die Tür ganz weit – als nette Aufforderung für Olivia, das Haus wieder zu verlassen.

„Na, dann lasst euch doch nicht aufhalten, ihr beiden.“ Olivia schaut zwischen Pia und Leo hin und her.

„Und was ist mit dir?“

„Aber ich bin doch erst gerade gekommen. Nein. Ich bleibe noch ein bisschen hier. Bei Sofia, meiner neuen Freundin.“

„Ich heiße immer noch Sophie.“

„Na, das meine ich doch. Habe ich das etwa nicht gesagt?“

„Nein, das hast du nicht“, meint Pia, während Olivia an ihr vorbei weiter ins Haus vordringt. Leo, die Olivias Rücken im Blick hat, läst ihren Zeigefinger wie einen kleinen Propeller neben ihrer Schläfe kreisen. Als Olivia sich überraschend umdreht, läst Leo sofort ihre Hand sinken, fängt unschuldig an zu pfeifen und dreht Däumchen.

„Das ist ein wirklich schönes Haus“, meint Olivia, die sich neugierig umschaut. Leo öffnet ihren Mund, steckt ihren Finger hinein, und stellt einen Brechreiz nach. Pia und ich lachen kurz auf. Sofort wendet Olivia sich uns wieder zu.

„Ist dahinten die Küche?“

„Wenn du eine Besichtigung durchs Haus willst, dann mach einen Termin!“ Leo wird langsam, aber sicher ungeduldig.

„Ich dachte, ihr wolltet gehen.“

„Das wollen wir auch. Bloß will Sophie mitkommen. Und das wiederum bedeutet, dass du auch gehen musst.“

„Schon?“ Olivia macht einen Schmollmund. Dabei schaut sie mir ganz fest in die Augen. „Ich dachte, wir könnten uns noch ein bisschen unterhalten, uns besser kennenlernen.“

„Wirklich?“

„Ja, ich finde dich nett.“

„Also, ehrlich gestanden hatte ich ein ganz anderes Gefühl.“

„Dann ist es ja gut, dass ich gekommen bin. Jetzt können wir das Missverständnis einfach aus der Welt schaffen. Na, was sagst du, So– Soph*ie*?“

Ratlos schaue ich zwischen meinen zwei Freundinnen hin und her. Und während Pia mit den Schultern zuckt, schüttelt Leo heftig ihren Kopf.

„Die lügt doch wie gedruckt“, sagt Leo offen heraus, was sie denkt.

Doch ich will mir selbst eine Meinung bilden. Daher bitte ich Leo und Pia: „Geht doch schon mal ohne mich. Ich komme vielleicht später nach.“

„Was?“ Leo ist total entsetzt über meine Entscheidung. „Du glaubst doch wohl nicht das, was die da gerade von sich gegeben hat, oder? Sie lügt.“

„Wieso sollte ich?“, fragt Olivia unschuldig.

„Das weiß ich auch noch nicht. Aber glaub mir, das werde ich noch herausfinden.“

„Schon gut, Leo“, versucht Pia sie zu beruhigen. „Komm.“ Sie umklammert Leos Handgelenk und zieht sie hinter sich her zur Haustür. „Wir verschwinden. Und wir – wir sehen uns dann morgen in der Schule, Sophie. Bis dann."

„Tschüss. Und grüßt Aurora von mir."

Pia nickt, während sie mit Leo im Schlepptau die Haustür von außen ins Schloss zieht.

„Endlich alleine", atmet Olivia auf und grinst mich dann so breit an, dass ihre weißen Zähne zum Vorschein kommen. „Und jetzt zeig mir mal dein Zimmer."

„Es ist im ersten Stock." Ich deute zur Treppe und gehe voran.

In meinem Zimmer angekommen, macht Olivia es sich sofort auf meinem Bett gemütlich und federt darauf ein paarmal auf und ab.

„Richtig gemütlich. Bist das etwa du auf dem Foto?"

Ich schaue zu meinem Nachttisch. „Ja." Ich schmunzele. „Zusammen mit Jessica und meinen Eltern."

„Ihr scheint ja eine richtig glückliche Familie zu sein."

„Na ja. Mal mehr, mal weniger", sage ich ausweichend und nehme gleich neben Olivia Platz.

„Das kenne ich." Sie schaut betrübt zu Boden. „Sind – äh – sind deine Eltern da?"

„Sie arbeiten beide noch."

„Genau wie meine. Geht dir das manchmal auch so auf die Nerven?"

„Mhm." Ich nicke.

„Ich wünschte, meine Eltern hätten etwas mehr Zeit für mich."

Wortlos schaue ich Olivia von der Seite an. Sie erwidert meinen Blick, und beide fangen wir gleichzeitig an, schwach zu lächeln.

„Und wann kommen deine Eltern zurück?“

„Bald – denke ich. Dann müssen wir aber das Zimmer für kurze Zeit räumen.“

„Wieso denn?“

„Weil mein Vater sich hier ein paar Mädchen anschaut, die für eine Rolle in einem neuen Film infrage kommen könnten.“

„Ach, tatsächlich?“ Aufmerksam lehnt Olivia sich nach vorne. „Was ist denn dein Vater vom Beruf?“

„Er ist Schauspielagent.“

„Was du nicht sagst. Das ist ja richtig spannend.“

„Findest du?“

„Machst du Witze?!“

„Kennst du vielleicht Elias Ellerhai?“

„Nö. Nicht, dass ich wüsste.“

„Hast du vielleicht schon mal den Film *Unter dem Sternenhimmel* gesehen?“

„Das ist einer meiner Lieblingsfilme.“

„Dann kennst du auch Elias. Er hat da die Hauptrolle gespielt. Elias ist auch bei meinem Vater unter Vertrag.“

„Das gibt's doch nicht.“

„Doch.“ Ich nicke grinsend. „Das gibt's.“

5. Kapitel, in dem ich mich langsam entferne

Seit Olivia und ich uns gestern bei mir zu Hause ausgesprochen haben, finde ich sie richtig nett. Ehrlich. Genau wie Sarah und Ester, ihre beiden Freundinnen, mit denen ich gerade in der Pause auf dem Hof stehe.

„Olivia hat uns erzählt, dass du ein tolles Zimmer hast."

„Ach, es ist nichts Besonderes." Ich winke ab. „Und normalerweise ist es auch gar nicht so ordentlich wie gestern."

„Olivia meinte, dass dein Vater in deinem Zimmer so eine Art Casting veranstalten wollte. Ist das wirklich wahr?"

„Ja, aber das ist dann doch ins Wasser gefallen. Ihm ist was dazwischengekommen – wie immer."

„Das holt er doch aber noch nach, oder?", erkundigt Olivia sich.

„Ja, ja, sicher. Es wurde auf Ende der Woche verschoben. Und extra dafür aufräumen muss ich auch nicht. Da habe ich meinen Vater wohl falsch verstanden. Es soll authentisch wirken", meine ich, worauf Olivia, Ester und Sarah anfangen zu lachen.

„Hi", meldet sich genau in diesem Moment Leos Stimme von hinten und unterbricht unser heiteres Beisammensein.

„Hallo", entgegnet Olivia nicht sonderlich begeistert, nachdem ich mich zu Leo umgedreht habe. Gemeinsam mit Pia steht sie nur da und guckt mich an. Ich gucke zurück.

„Was ist?", frage ich sie lächelnd.

„Können wir uns mal kurz unterhalten?“, fährt Leo genauso trocken fort, wie sie angefangen hat.

„Klar. Was gibt es denn?“, frage ich gut gelaunt nach.

„Anscheinend eine Menge.“ Sie schaut von Olivia über Sarah zu Ester. „Wir dachten, wir kommen mal zu dir, wenn du schon nicht zu uns kommst“, meint Leo und klingt dabei ziemlich vorwurfsvoll.

„Ich wäre schon gleich gekommen“, versichere ich ihr.

„Wann? Wenn die Pause vorbei ist? Wir warten schon die ganze Zeit auf dich. Und was machst du?“

„Ich unterhalte mich doch nur.“

„Seit wann bist du mit diesen drei Hühnern da so eng befreundet, hä?“, meint Leo – völlig unbeeindruckt von der Tatsache, dass die Hühner, über die sie hier spricht, gleich neben uns stehen und alles mitbekommen.

Verlegen lächle ich in Olivias, Esters und Sarahs Richtung und nehme Leo schnell zur Seite, bevor sie noch mehr Unhöflichkeiten von sich geben kann.

„Sag mal, hast du sie noch alle? Was soll das, Leo?“

„Was für ein Zufall. Dasselbe wollte ich dich auch gerade fragen.“

„Leo“, versucht Pia sie zu beschwichtigen.

„Olivia und ich, wir haben uns ausgesprochen. Sie hat sich bei mir entschuldigt.“

„Und damit ist jetzt wohl alles geklärt, oder was?“ Zum Ende des Satzes wird Leo wieder lauter.

„Ja, das ist es“, entgegne ich bestimmt. „Sie ist jetzt richtig nett zu mir. Und ich will, dass es auch so bleibt, verstehst du das denn nicht?“

„Muss ich das etwa?“

„Kommt schon. Streitet euch nicht.“ Pia steht wie ein Sicherheitspuffer zwischen uns.

„Bitte mach es mir nicht kaputt, Leo. Du weißt, wie schwer es mir fällt, Freunde zu finden und wie unglücklich ich deswegen auf der Privatschule war.“

„Aber du hast Freunde. Du hast doch uns“, sagt sie und schaut mich abwartend an. Und auch Pia wartet gespannt auf meine Reaktion darauf.

„Hör zu, Leo. Ich habe jetzt keine Lust mehr, mit dir darüber zu diskutieren. Wir sehen uns später auf dem Reiterhof. Dann können wir alles in Ruhe besprechen.“ Ich schaue zwischen ihr und Pia hin und her. „Okay?“

„Na schön“, brummt Leo missgestimmt. „Wir warten nach der Schule am Tor auf dich.“ Damit dampft sie zusammen mit Pia ab. Ich hingegen wende mich wieder meinen neu gewonnenen Freundinnen zu.

„Alles in Ordnung?“ Olivia schaut mich betroffen an.

„Ja, ja, sicher.“ Ich will meine neuen Freundinnen nicht mit meinen kleinen Problemchen belasten.

„Gut. Wir haben uns gerade über meine Pyjamaparty unterhalten und beschlossen, dass du auch eingeladen wirst.“

„Echt?“

„Mhm. Nächsten Freitag. Du kommst doch, oder?“

„Sehr gerne“, freue ich mich.

„Super. Und heute wollen wir in die Stadt. Ich hole dich dann nach dem Mittagessen bei dir ab.“

„Heute?“

„Ja, wieso?“, flötet Olivia.

„Na ja, eigentlich habe ich nach der Schule schon etwas anderes vor."

„Wie bitte?"

„Wisst ihr, ich – ich treffe mich mit Leo und Pia auf dem Reiterhof."

„Aber dazu hast du am Wochenende doch noch genug Zeit. Ein Nein lasse ich einfach nicht gelten", sagt Olivia grinsend.

Nachdenklich kaue ich einen kurzen Augenblick auf meiner Unterlippe herum. So ganz unrecht hat sie ja nicht. Das Wochenende steht vor der Tür. Aber zwei Tage ohne Aurora? Hm. Ach, was soll's. Ich werde es schon überleben.

„Na schön", sage ich schließlich.

„Großartig. Deine zwei kleinen Freundinnen werden das sicher verstehen."

Da wäre ich mir allerdings nicht ganz so sicher.

Die restlichen Schulstunden verbringe ich damit, mir zu überlegen, wie ich Pia und Leo am besten beibringe, dass ich heute doch nicht zum Reiterhof komme. Leider fällt mir nichts Gutes ein. Und so bleibt mir nichts anderes übrig, als zu improvisieren.

Wie verabredet warten Leo und Pia am Schultor auf mich.

„Also, bis später dann", verabschieden sich Olivia, Ester und Sarah von mir, während ich auf Leo und Pia zutrotte.

„Habe ich das da gerade etwa richtig verstanden?", will Leo sofort von mir wissen.

Wortlos schaue ich sie an.

„Das glaube ich ja nicht!" Langsam wird sie wieder wütend. „Ich dachte, *wir* sind für heute verabredet."

„So war es ja auch, aber jetzt ist halt etwas anders dazwischengekommen."

Eingeschnappt verschränkt Leo beide Arme vor der Brust.

„Nun spiel nicht die beleidigte Leberwurst."

Hilfe suchend wende ich mich an Pia, die Vernünftigste von uns dreien. „Pia, könntest du ihr das vielleicht erklären?"

„Gerne", erwidert sie. „Sobald ich es selbst verstanden habe", fügt sie dann noch hinzu.

„Ach, kommt schon. Was soll der Quatsch? Kann ich mich nicht mal mit anderen Leuten treffen, bloß weil wir miteinander befreundet sind?"

„Das kannst du. Was du allerdings nicht kannst, ist, uns aufs Abstellgleis zu stellen", meint Pia vorwurfsvoll.

„Aber das tue ich doch gar nicht."

„Komisch. Es fühlt sich nämlich ganz so an", entgegnet Leo gereizt, als ich aus den Augenwinkeln Lucas heranschlendern sehe.

„Na, Ärger im Paradies?"

„Halt die Klappe!", fauchen Leo, Pia und ich ihn an wie aus einem Mund.

„Oh, Entschuldigung. Das war doch nur Spaß." Lucas wird ganz klein. „Was ist denn hier los?"

„Das geht dich nichts an, kapiert?!", zische ich.

„Maul ihn gefälligst nicht so an!" Leo stemmt beide Hände in die Hüften und stellt sich zwischen Lucas und mich.

„Dass du ihn in Schutz nimmst, war ja klar."

„Dafür ist mir an dir in letzter Zeit so einiges unklar. Noch vor einer Woche hättest du alles stehen und liegen gelassen, um zum Beispiel zu Aurora in den Stall zu kommen. Und heute? Heute scheint sie dir ganz schön egal geworden zu sein."

„Das ist nicht wahr."

„Na, dann komm gleich mit zum Reiterhof."

„Ich habe dir doch gerade gesagt, dass es nicht geht."

„Also, wenn *sie* nicht will ... Ich hätte Zeit", mischt sich Lucas wieder ein.

„Hau ab!" Ich durchbohre ihn mit einem eiskalten Blick.

„Ich dachte, *du* wärst diejenige, die abhauen wollte. Oder habe ich da was falsch verstanden?"

„Nein, Lucas. Du hast schon alles richtig verstanden", erwidert Leo. Dabei schaut sie mir fest in die Augen. Ich hole tief Luft, um noch etwas zu sagen. Doch dann besinne ich mich eines Besseren, schüttle resignierend den Kopf, drehe mich um und stampfe davon.

Eineinhalb Stunden später bummle ich dann gemeinsam mit Olivia, Ester und Sarah durch die Stadt. Dabei schwirren mir immer noch Leo und Pia durch den Kopf. Wieso stellen die beiden sich bloß so an? Besonders Leo. Ich verstehe das einfach nicht. Nur weil ich jetzt neue Freunde habe, heißt das noch lange nicht, dass ich Leo und Pia weniger mag. Das kapieren sie ja offenbar nicht. Aber ist das deswegen mein Problem? Nein! Ich sehe nicht ein, mir durch ihre Eifersüchteleien die Stimmung und den netten Nachmittag mit meinen neuen Freundinnen kaputtzumachen.

In Reih und Glied marschieren Ester, Sarah, Olivia und ich auf dem Bürgersteig Richtung Eisdiele entlang. Dabei unterhalten wir uns über alles Mögliche: Jungs, Klamotten, Pickel und die vorbeiziehenden Leute.

„Habt ihr den gesehen? Sah aus, als hätte er ein Vogelnest auf dem Kopf", prustet Olivia drauflos. „Jemand sollte ihn mal zu einem Friseur bringen, damit seine strohigen Haare Bekanntschaft mit einer Schere machen."

„Einer Schere? Um die Wolle auf seinem Kopf zu zähmen, bräuchte man schon einen Rasenmäher – hahaha!"

„Hahahaha!", lachen die drei um die Wette.

„Also, ich fand seine Haare gar nicht so schlimm", meine ich. Sofort verstummt das Gelächter.

„Hast du etwa keine Augen im Kopf?"

Ich drehe mich noch einmal nach dem Mann um. „Ich habe schon Schlimmeres gesehen."

„Wo? Im Zoo bei einem Löwen auf dem Kopf?" Und wieder geht das Gekicher los. „Nun komm schon. Lach doch mit." Olivia pikst mir mit ihrem Ellenbogen in die Seite, und ich fange an zu lächeln. „Das ist doch lustig", meint sie, als wir auf einer Bank vor der Eisdiele Platz nehmen.

Während Olivia, Ester und Sarah schon ihr nächstes Opfer gefunden haben, schleichen sich wieder Leo und Pia in meinen Kopf.

Was die beiden jetzt wohl treiben? Blöde Frage. Höchstwahrscheinlich sitzen sie genau diesem Augenblick auf ihren Pferden Sunny und Marengo und reiten beschwingt durch den Wald.

Ach, wie gerne wäre ich jetzt auch auf dem Reiterhof. Aurora würde sich sicher riesig über meinen Besuch freuen. Ich würde sie satteln, mich auf ihren Rücken schwingen und einen ausgiebigen Ausflug durch den Wald machen.

Doch was mache ich stattdessen? Ich sitze hier vor einer Eisdiele auf der Bank, beobachte irgendwelche Leute, die mich nicht die Bohne interessieren, und langweile mich dabei fast zu Tode. Ja, wieso eigentlich? Was hindert mich daran, jetzt genau das zu tun, worauf ich die meiste Lust habe? Nichts!

Kurz entschlossen springe ich von der Bank auf und setze mich in Bewegung.

„Wo willst du hin?“, ruft Olivia mir verwirrt hinterher, während ich mit meinen Gedanken schon längst auf Auroras Rücken sitze und mit dem Wind in den Haaren völlig frei und ungezwungen durch den Wald galoppiere.

Als ich kurze Zeit später dann tatsächlich auf dem Reiterhof ankomme, ist von Leo und Pia weit und breit keine Spur. Auch Marengo und Sunny, ihre beiden Pferde, sind nicht da. Ich vermute, dass sie einen kleinen Ausritt machen. Beschwingt laufe ich in den Pferdestall.

„Hallo, meine Süße“, begrüße ich Aurora und strahle übers ganze Gesicht, nachdem ich ihre Boxentür zur Seite geschoben habe. Sie erwidert meine Begrüßung mit einem leisen und fröhlichen Schnauben.

Ihr Anblick löst immer ein wohlig angenehmes Gefühl in mir aus. „Wie geht es dir, meine Liebe?“ Ich schmiege mich ganz fest an ihren warmen Hals und spüre ihren Pulsschlag. Kräftig und lebendig. Genauso wie auch ich mich immer in Auroras Nähe fühle. „Komm.“ Ich reiße mich von ihrem Hals los und führe sie hinaus. Draußen lege ich ihr Zaum- und Sattelzeug an, schwinge mich auf ihren kräftigen Rücken und reite endlich los.

Unser Weg führt uns durch den Wald zur großen Lichtung. Über die Weide im Galopp zum Bach und schließlich vor die alte Mühle, vor der ich auch Leo und Pia entdecke.

„Sophie! Hallo, Sophie!“ Freudig winken mir die beiden von ihren Pferden aus entgegen. Sogleich gebe ich Aurora eine leichte Schenkelhilfe. Sie wird schneller. Im schnellen Galopp bewegen wir uns auf Leo und Pia zu.

„Sophie!“

„Ja, ja. Ich komme doch schon!“, rufe ich ihnen lächelnd zu.

„Sophie!!!"

„Was?" Ich schüttele den Kopf, und mit einem Mal befinde ich mich wieder mitten in der Stadt, vor der Eisdiele. Statt auf Aurora sitze ich auf einer Bank, direkt neben Olivia, Sarah und Ester. Irritiert schaue ich mich nach allen Seiten um. Keine Bäume, keine Wiesen, keine Leo und Pia.

„Wo ist Aurora?", murmele ich, immer noch leicht abwesend.

„Wer?" Olivia schaut mich verdattert an.

„Ach, niemand." Mir wird schlagartig bewusst, dass ich das gerade bloß nur geträumt habe.

„Lasst uns gehen. Ich langweile mich langsam." Olivia erhebt sich. Sofort stehen auch Ester und Sarah auf.

„Hey, schaut mal her." Nach einem kurzen Seitenblick winkt Ester uns zu sich.

„Was ist denn?" Neugierig versammeln wir uns um sie herum.

„Da." Ester deutet auf einen kleinen Zettel, der am Laternenmast befestigt ist. „Da will jemand Streiche verkaufen", kichert sie. „Hört mal zu." Sie räuspert sich und fängt an zu lesen.

Verkaufe Streiche!
Kennst du jemanden, den du nicht magst?
Jemanden, dem du mal eins auswischen möchtest
oder bei dem du dich für irgendetwas rächen willst?
Dann ruf doch einfach an!

Leo! Ich lächle verklärt. Sie will es also tatsächlich machen.

„Was ist denn das für eine bescheuerte Idee?", spöttelt Olivia. „Wer kauft denn schon Streiche?"

„Also, ich finde den Einfall gar nicht mal so schlecht", sage ich.

„Das kann nicht dein Ernst sein“, meint sie und lacht sich schlapp. Dabei schaut sie zwischen ihren beiden Freundinnen hin und her.

„Ne, ne! Das glaube ich ja nicht. Jetzt guckt euch doch mal an, wer dahinten sitzt.“ Sarah zeigt auf einen kleinen Stand mitten auf dem Marktplatz.

„Ist das nicht deine kleine Freundin?“, wundert Olivia sich.

Wortlos schaue ich auf das Pappschild vor dem Stand, auf dem in großen, schwarzen Druckbuchstaben ***LEOS STREICHE GmbH*** geschrieben steht.

„Da müssen wir unbedingt hin“, gluckst Olivia.

„Muss das denn wirklich sein?“, frage ich.

„Wieso denn nicht? Na, los. Kommt schon.“

Nach unserem Streit vorhin habe ich ehrlich gesagt keine besonders große Lust, jetzt zu Leo zu gehen. Doch es ist zu spät – kurz darauf stehen Ester, Sarah, Olivia und ich vor Leos selbst gezimmertem Streichestand.

„Guten Tag“, begrüßt Olivia Leo höflich.

Leo dreht ihren Kopf von ihr weg. „Was willst du?“

„Ich hätte gerne einen Streich.“

„Liebend gerne“, erwidert Leo auf einmal überhöflich. „Was genau soll es denn für einer sein? Schlagsahne im Gesicht? Oder möchtest du lieber grün gefärbte Haare? Einen juckenden Ausschlag am Hintern oder vielleicht doch lieber etwas Klassischeres?“

„Oh, nein, nein. Der Streich ist nicht für mich. Ich brauche ihn für einen guten Freund. Kannst du ihn mir auch als Geschenk einpacken?“, fragt Olivia kichernd. Leo hingegen findet das Ganze nicht so lustig. Sie findet in letzter Zeit fast gar nichts mehr lustig. Schon seit Tagen habe ich sie nicht mehr lachen gesehen. Das ist für Leo ziemlich ungewöhnlich. Normalerweise ist sie nämlich ein richtiger Spaßvogel, der auch über sich selbst wunderbar lachen kann.

„Also, wenn du nicht wirklich an einem Streich interessiert bist, dann geh bitte zur Seite und vergraul mir nicht meine Kundschaft."

Olivia dreht sich zu allen Seiten. „Welche Kundschaft denn?"

„Na, die, die kommen würde, wenn du sie nicht vergraulen würdest."

„Von wegen. Lasst uns gehen. Hier ist tote Hose." Olivia wendet sich ab und setzt sich in Bewegung.

„Ich komm gleich nach", rufe ich ihr hinterher und bleibe am Stand stehen. „Na?", sage ich dann zu Leo, nachdem Olivia, Sarah und Ester sich entfernt haben.

„Na!", kommt es wie ein Echo zurück.

„Was machst du hier?"

„Sieht man das etwa nicht? Ich versuche, ein Geschäft zu betreiben."

„Ich dachte, du bist mit Pia auf den Reiterhof."

„Da waren wir auch."

„Und wie geht es Aurora?"

„Es ist *dein* Pferd. Du solltest es wissen."

„Pia wird sich schon gut um sie kümmern."

„Na, dann ..."

„Sag mal, bist du mir etwa immer noch böse wegen vorhin?"

„Nein. So sieht mein Gesicht aus, wenn ich jemandem vergeben habe."

„Noch einmal. Es tut mir leid, aber ich konnte nicht. Ich –"

„Du brauchst mir nichts zu erklären. Ich habe Augen.“ Leo schaut an mir vorbei zu Olivia, Ester und Sarah.

„Wieso willst du das nicht verstehen, Leo?“

„Was? Dass diese Schlange da ein falsches Spiel mit dir treibt? Nein. Das will ich wirklich nicht verstehen.“

„Wieso glaubst du, dass sie etwas im Schilde führt? Sie hat mich bisher weder um was gebeten, noch etwas von mir verlangt. Kannst du dir nicht vorstellen, dass sie mich einfach nur mögen könnte, ohne etwas zu erwarten? Bin ich denn wirklich so wenig liebenswert?“ Mir schießen Tränen in die Augen. „Freu dich für mich. Ich würde es tun.“

„Das kann ich nicht.“ Leo schüttelt den Kopf. Ich seufze gequält, lege meinen Kopf in den Nacken und versuche, die Tränen in meinen Augen zurückzuhalten.

„Kommst du, Sophie? Wir wollen weiter.“

Ich nicke wortlos. Dann wende ich mich noch einmal Leo zu. „Ich – ich gehe jetzt.“

„Du bist doch schon weg“, sagt sie mit heiserer Stimme, worauf ich tief einatme und ihr den Rücken zudrehe.

Als ich bei den Mädchen ankomme, sind meine Tränen verschwunden. Als wäre nichts gewesen lächle ich Olivia, Sarah und Ester an. Doch im meinen Inneren macht sich Trauer breit. Die Trauer darüber, unverstanden zu sein – unverstanden von ausgerechnet den Menschen, von denen ich mir am meisten Verständnis wünsche und von denen ich bislang gehofft hatte, dass sie mich wirklich verstehen. Doch das war wohl ein Irrtum, wie ich gerade schmerzlich feststellen musste.

„Können wir jetzt weiter?“

Ich nicke, und wir setzen uns in Bewegung. In diesem Moment

klingelt Olivias Handy. Sie kramt es aus ihrer hinteren Hosentasche.

„Ja?“, meldet sie sich.

Kaum hat das Gespräch begonnen, hört es auch schon auf. Traurig legt Olivia nach nur zwei Minuten wieder auf und verstaut wie mechanisch ihr Handy wieder in ihrer Hosentasche.

„Was ist passiert?“ Ester schaut sie besorgt an.

„Das war meine Mutter. Sie hat gerade erfahren, dass wir feuchte Wände in unserem Haus haben. Am Montag fangen die Handwerker an, die Wände trockenzulegen. Das bedeutet, die Pyjamaparty nächsten Freitag fällt leider aus.“

„Oh, nein!“ Die Mädchen wechseln enttäuschte Blicke aus.

„Ja.“ Olivia nickt betrübt.

„Kann die Pyjamaparty denn nicht einfach bei einer anderen stattfinden?“, frage ich in die Runde. Sofort richten sich drei Augenpaare auf mich und fangen an zu leuchten.

„Natürlich kann sie das! Wie nett von dir, Sophie.“

„Von mir? Äh – ich meine, bei mir?“

„Dein Zimmer ist für uns alle groß genug.“

„Aber – aber mein Vater veranstaltet nächsten Freitag doch sein Casting. Schon vergessen?“

„Richtig.“ Olivia schaut verklärt von Sarah zu Ester und dann wieder zu mir. „Na ja, was soll’s. Er wird uns schon nicht stören.“

„Aber wir stören ihn vielleicht bei seiner Arbeit.“

„Keine Sorge.“ Sie winkt lässig ab. „Wir wissen uns zu benehmen, stimmt’s Mädels?“

„Ja, klar!“, stimmt Sarah Olivia sofort zu.

„Sicher!“ Ester nickt heftig.

Na, dann ...

6. Kapitel, in dem ich schon fast nicht mehr zu sehen bin

„Nein! Ich gehe da nicht hin! Lass mich los. Ich will nicht", zischt Leo Pia in der Pause auf dem Schulhof an, während ich nicht weit entfernt zusammen mit Olivia, Sarah und Ester stehe, zu den beiden hinüberschiele und an meinem Pausenbrot knabbere.

„Jetzt stell dich nicht so an." Pia packt sich wieder Leos Hand und versucht, sie hinter sich her in meine Richtung zu ziehen.

„Finger weg." Wirsch schlägt Leo Pias Hand weg.

„Aua!"

„Hör auf zu jammern. Du bist selber schuld", meint Leo genervt. Da presst Pia entschlossen die Lippen aufeinander, stellt sich hinter Leo und versucht, sie zu schieben, wenn es schon mit dem Ziehen nicht klappt.

„Gib dir keine Mühe. Wenn du willst, dann geh doch alleine zu ihr", höre ich Leo sagen.

Sieht ganz so aus, als würde Pia zu mir wollen. Leo hingegen versucht, sich mit Händen und Füßen dagegen zu sträuben. Genauso ging es mir auch die letzen Tage.

Seit unserem zufälligen Treffen in der Stadt habe ich weder mit Leo noch mit Pia ein einziges Wort gewechselt. Wir haben alle versucht, uns schön aus dem Weg zu gehen – was uns zugegebenermaßen ganz gut gelungen ist. Auch wenn es nicht sehr einfach war, schließlich besuchen wir dieselbe Schule.

Immer wieder streiften sich auf dem Pausenhof unsere Blicke. Und ich muss gestehen, dass es jedes Mal wie ein Messerstich in meiner Brust war. Am liebsten wäre ich zu ihnen gegangen, hätte gesagt, dass mir alles, was gesagt und getan worden ist, sehr leidtut, aber ich konnte es nicht – dazu war ich zu stur. Denn in Wirklichkeit ist es ja nicht meine Schuld, dass Leo und ich uns gestritten haben. Wieso wollen die beiden nicht verstehen, dass ich jetzt auch andere Freunde habe? Das ist doch mein gutes Recht!

Nichtsdestotrotz vermisse ich doch auch meine alten Freundinnen. Ich atme einmal tief ein und schmeiße meinen Stolz und meine Sturheit über Bord.

„Ich bin gleich wieder da", sage ich zu Olivia und den beiden anderen, nachdem ich mich dazu durchgerungen habe, Pia und auch Leo entgegenzugehen.

„Hi", begrüße ich die beiden etwas unsicher, als ich kurz darauf bei ihnen ankomme. Sofort hören sie auf, sich zu zanken. Und während Pia mich sanft anlächelt, dreht Leo demonstrativ ihren Kopf zur Seite und verschränkt die Arme vor der Brust.

„Wie geht es euch?", frage ich.

„Gut", entgegnet Pia sofort.

„Schön. Schön, das freut mich. Und dir?" Abwartend schaue ich Leo an. Doch die macht keinerlei Anstalten, mir eine Antwort auf meine Frage zu geben.

„Ihr geht es gut. Der gleiche Sturkopf wie immer", antwortet Pia schließlich an Leos Stelle und wirft ihr einen auffordernden Blick von der Seite zu. „Und was gibt es bei dir Neues?", erkundigt sie sich bei mir.

„Na ja, nicht viel."

„Verstehe. Hör zu. Eigentlich wollten wir dich fragen ..."

Leo verpasst Pia einen Stups in die Seite. Die zieht ihre Augenbrauen zusammen und fängt neu an.

„Ich meine, *ich* wollte dich fragen, ob du morgen zum Reiterhof kommst. Wir haben uns schon ewig nicht mehr dort gesehen", schmunzelt Pia.

„Bitte glaubt mir. Ich würde so gerne, aber ich habe leider keine Zeit."

„Wie, du hast keine Zeit?" Pia schaut mich traurig und gleichzeitig sehr enttäuscht an.

„Ich habe dir doch gleich gesagt, dass sie keine Zeit haben wird", meldet Leo sich gleichgültig zu Wort. „Aber du wolltest ja nicht auf mich hören."

„Ich kann wirklich nicht. Olivia kommt morgen direkt nach der Schule mit zu mir."

„Schon wieder?", fragt Pia zaghaft.

„Dieser Tag ist schon seit einer Woche beschlossene Sache. Da kann ich jetzt nicht einfach absagen."

„So. Kannst du also nicht?", hakt Pia etwas missmutig nach. Dabei sehe ich, wie sich die Züge in ihrem Gesicht zusammenziehen und sie sich immer mehr anspannt. „Dann eben nicht", sagt sie verärgert.

„Bitte nicht du auch noch, Pia. Ich möchte nicht, dass du sauer auf mich bist. Ich möchte nicht, dass ihr beiden sauer auf mich seid."

„Es geht immer nur um dich." Pias Augen funkeln mich wütend an. „Du möchtest nicht, dass wir sauer auf dich sind. Du fühlst dich immer nur von uns unverstanden. Du hast nie Zeit. Und was ist mit uns?"

„Oh nein. Diesen Schuh lasse ich mir ganz bestimmt nicht anziehen. Ich bin keine schlechte Freundin, wenn du das damit sagen willst! Was habe ich nicht alles für euch und unsere Freundschaft getan, hä? War ich nicht immer da für euch, wenn ihr mich gebraucht habt? Leo – stand ich nicht immer auf deiner Seite, wenn es darum ging, mal wieder einen deiner verrückten Einfälle in die Tat umzusetzen, selbst wenn er auf meine eigenen Kosten ging? So wie zum Beispiel die Party bei mir zu Hause, bei der eine Menge Chaos entstanden ist? Oder Pia – was ist mit dem ewigen Hin und Her zwischen Josh und dir gewesen? Hatte ich nicht immer ein offenes Ohr für dich? Habe ich dich nicht immer getröstet und versucht dich aufzumuntern? Und was war damals, als Marengo geschlachtet werden sollte? War ich nicht da für dich? Als du, Leo, geglaubt hast, von einer alten Waldhexe verflucht worden zu sein und vom Pech verfolgt zu werden – habe ich dir da etwa den Rücken zugekehrt und gesagt: Sieh zu, wie du damit fertig wirst, aber bleib mir ja vom Leib, sonst könntest du mich in deine Pechsträhne noch mit hineinziehen? Nein! Nein, das habe ich nicht getan. Weil ich eine gute Freundin bin."

„Warst! Das war mal, Sophie. Heute ist alles anders. Du hast dich von Leo und mir distanziert. Du bist fast schon so weit von uns entfernt, dass ich dich gar nicht mehr sehen kann."

Kochend vor Wut über Pias Aussage ringe ich nach Worten, und schließlich gelingt es mir, welche zu finden.

„Ach, wisst ihr was? Ihr beiden seit doch bloß eifersüchtig und gönnt es mir nicht, dass ich auch andere Freunde habe. Freunde, die mich wirklich mögen", sage ich kalt und lasse damit meiner Wut freien Lauf.

„Wenn du meinst. Tja, damit wäre dann wohl alles gesagt.“ Leo wendet sich ab und will weggehen.

„Noch nicht ganz“, meldet Pia sich wieder zu Wort. Ich schaue sie herausfordernd an. „Was ist mit Aurora?“, meint sie und bringt mich damit etwas ins Straucheln.

„Was soll mit ihr sein?“

„Du hast dich schon seit einer Ewigkeit nicht mehr auf dem Reiterhof blicken lassen!“, wirft sie mir wutschnaubend vor. Leo baut sich wieder neben Pia auf und schaut sie überrascht an.

So wütend wie in diesem Augenblick habe ich Pia noch nie erlebt. Abgesehen von damals, als Marengo, ihr Norweger, verwurstet werden sollte. Damals war ihre Wut auch angebracht gewesen, aber jetzt?

„Jetzt übertreib mal nicht. Ich war schon seit einer Ewigkeit nicht mehr auf dem Reiterhof – so ein Quatsch! Ich war doch erst ...“ Ich überlege kurz.

„Das sind mittlerweile acht ganze Tage. Ist dir das klar?“

„Acht Tage?“, wiederhole ich ungläubig. „Das kann nicht sein.“

„So ist es aber! Aurora vermisst dich schon richtig. Vermisst du sie nicht auch langsam?“

„Ja, schon, aber –“

„Nichts aber! Du solltest dich wirklich wieder etwas mehr um dein Pferd kümmern.“ Was Pferde anbelangt, versteht Pia kein Pardon. Und so ist es nicht verwunderlich, dass sie Aurora ausgerechnet jetzt zur Sprache bringt. „Du hast Aurora gegenüber eine große Verantwortung. Hast das etwa vergessen?“

„Nein, das habe ich ganz bestimmt nicht! Aber offensichtlich hast du vergessen, dass meine Eltern dich immer noch dafür bezahlen, dass du dich in meiner Abwesenheit um sie kümmerst.

Und deswegen liegt die Verantwortung für sie nun in deinen Händen."

„Was?" Pia ist ganz baff. Offenbar traut sie ihren Ohren kaum. „Wie bitte? Hörst du dich eigentlich selbst reden, Sophie?"

Ja, das tue ich. Und ich kann ehrlich nicht glauben, was ich da gerade von mir gegeben habe. Es war nicht so gemeint! Wirklich nicht! Ich liebe Aurora doch über alles und möchte sie keineswegs als eine Last von mir schieben. Aber der ganze Streit ... all diese Vorwürfe ... und dann ausgerechnet aus Pias Mund. Sie machen mich ganz verrückt und rasend, sodass ich nicht mehr weiß, wo oben und unten ist.

„Pia, ich –", starte ich einen verzweifelten Versuch, mich zu rechtfertigen.

„Lass gut sein, Sophie", unterbricht sie mich mit ruhiger Stimme mitten im Satz. „Ich habe verstanden", meint sie, während Leo immer noch neben ihr steht und mich voller Entrüstung anstarrt. „Selbstverständlich habe ich mich in den letzen Tagen liebevoll um Aurora gekümmert", fährt Pia verletzt fort. „*Ich* habe nicht vergessen, was meine Aufgaben sind. Und ich habe es auch ganz bestimmt nicht getan, weil ich von deinen Eltern dafür bezahlt werde, Sophie. Die Zuneigung und Liebe, die ich Aurora und Marengo täglich gebe, kann man nämlich mit keinem Geld der Welt bezahlen, verstehst du das?"

„Ich –"

„Trotz allem kann ich Aurora leider nicht restlos geben, was sie braucht und sich wünscht. Hast du nur die geringste Vorstellung, wie sehr sie dich vermisst?", stellt Pia mir diese letzte Frage, dreht sich um und dampft gemeinsam mit Leo ab, noch bevor ich etwas darauf erwidern kann.

Wie ein Häufchen Elend stehe ich da und weiß nichts mit mir anzufangen, als Leo sich plötzlich, ohne stehenzubleiben, noch einmal kurz zu mir umdreht.

„Du solltest dich was schämen!“, wirft sie mir an den Kopf und lässt mich damit endgültig stehen. Ich fühle mich plötzlich so leer, dass ich nicht einmal mehr heulen kann.

„Tja, das war's dann wohl, was?“

Benommen wende ich meinen Kopf zur Seite. Lässig schlendert Lucas, der anscheinend alles aus ein paar Metern Entfernung beobachtet hat, an mir vorbei.

„Lass mich einfach nur in Ruhe“, sage ich kraftlos, worauf Lucas sich tatsächlich jeden weiteren Kommentar verkneift und von dannen zieht.

„Vergiss die Spinner“, höre ich plötzlich Olivias Stimme neben mir, während sich ihr Arm tröstend um meine Schultern schlängelt. Mit Tränen in den Augen schaue ich sie an. „Du brauchst sie nicht mehr. Jetzt hast du ja mich.“

7. Kapitel,
in dem ich merke, dass ich nicht nur einen Fehler begangen habe

„Geht es dir wieder etwas besser?"

„Ja, aber sag mir doch endlich, wo wir eigentlich hinwollen."

„Bist du sicher, dass du dich nicht verletzt hast, vorhin bei deinem Sturz vom Fahrrad?", frage ich Olivia, um mich noch einmal zu vergewissern.

„Nein, wirklich, Sophie. Es ist alles in Ordnung. Ich verstehe bloß nicht, was dieser überraschende Ausflug in den Wald zu bedeuten hat. Wo radeln wir hin?"

„Zum Reiterhof. Ich habe dir doch von Aurora, meiner Stute, erzählt. Ich habe sie schon so lange nicht mehr gesehen. Zu lange", antworte ich schnell und lege voller Sehnsucht noch einen Zahn zu.

„Und –" Keuchend holt Olivia auf und versucht, mit meinem Tempo Schritt zu halten. „Und wozu diese dämliche Verkleidung?"

Ich drehe meinen Kopf zur Seite. Neben mir radelt Olivia, auf ihrem Kopf ein großer, weißer Sonnenhut und auf der Nase eine große weiße Sonnenbrille, die ihr halbes Gesicht verdeckt. „Ist doch witzig", sage ich schließlich, richte meinen Blick wieder nach vorne und kriege gerade noch rechtzeitig meinen Hut zu fassen, bevor er mir vom Fahrtwind vom Kopf geweht werden kann.

In Wirklichkeit haben wir uns nur verkleidet, damit Leo und Pia uns nicht erkennen, falls sie uns zufällig über den Weg laufen sollten.

Dieser Streit vorhin mit den beiden hat mir nämlich endgültig die Augen geöffnet. Es ist vorbei, so leid es mir auch tut, denn wir hatten eine wirklich mehr als nur schöne Zeit miteinander, denke ich und ringe gleichzeitig mit den Tränen. Aber ihr Verhalten vor ein paar Stunden auf dem Schulhof hat mir gezeigt, dass ... dass ... Ich schluchze innerlich auf. ... dass es eben zu Ende ist.

Und genau aus diesem Grund möchte ich auch ein Zusammentreffen mit den beiden unbedingt verhindern. Noch so einen Streit wie in der Schule würde ich nämlich sicher nicht überstehen.

Wenn ich jetzt schon meine ältesten Freundinnen verloren habe, so möchte ich auf keinen Fall auch noch Aurora verlieren. Meine Aurora. Sie ist auch der Grund, weswegen Olivia und ich jetzt auf dem Weg zum Reiterhof sind. Ich habe schon meine Freundinnen verloren. Ich will nicht auch noch auf mein Pferd verzichten müssen. Auch wenn ich es vor Pia und Leo nicht eingestehen wollte: Sie haben ja recht. Aurora ist mein Pferd, und ich muss mich um sie kümmern. Es ist sowieso schon schlimm genug, dass sie mich daran erinnern mussten. Ich hoffe nur, dass Aurora es mir nicht krummgenommen hat und sich über meinen Besuch freuen wird. Wenn sie mich jetzt auch noch ablehnt, dann weiß ich nicht, was ich tun soll.

Während Olivia und ich uns immer weiter dem Reiterhof nähern, klingelt wieder mein Handy. Seit ich aus der Schule gekommen bin, stand es so gut wie keine Minute still.

„Dein Handy klingelt."

„Ich weiß“, erwidere ich zur Seite.

„Willst du denn nicht drangehen?“

„Wofür? Es ist sowieso wahrscheinlich entweder Pia oder Leo, so wie den ganzen Nachmittag schon.“

„Schau lieber vorsichtshalber mal nach. Es könnten ja auch deine Eltern sein.“

„Das sind sie zwar ganz sicher nicht, aber wenn du willst ...“ Vorsichtig krame ich mein Handy hervor und schaue auf das blinkende Display.

„Leo.“ Ich halte den Hörer kurz in die Luft.

„Was wollen die beiden bloß ständig von dir?“

„Keine Ahnung.“ Wahrscheinlich mir weitere Vorwürfe machen, was denn auch sonst?, vermute ich, ohne es laut auszusprechen. Ich drücke auf die Austaste und verstaue das Handy wieder in meiner Hosentasche. Dann trete ich noch ein bisschen fester in die Pedalen und nehme den Hügel vor mir mit viel Schwung in Angriff.

Die beiden haben mir heute in der Schule schon mehr als genug gesagt, finde ich. Das hat für mindestens drei Leben gereicht. Wieso lassen sie mich jetzt nicht einfach in Ruhe? Ich kann und ich will mich auch nicht mehr mit ihnen streiten. Es ist auch so schon schwer genug für mich. Schließlich habe ich meine Freundinnen verloren. Ich will sie jetzt nicht als meine Feindinnen haben!, denke ich, als Olivia und ich endlich am Reiterhof ankommen.

In sicherer Entfernung steigen wir von unseren Rädern, lehnen sie gegen einen dicken Baum und gehen in Deckung.

„Was wird denn das jetzt?“ Olivia mustert mich verwirrt. „Hast du nicht gesagt, dass du zum Reiterhof willst? Also, der Reiterhof ist da vorn und versteckt sich sicher nicht in dem Strauch, hinter dem wir hier hocken. Was machen wir hier?"

„Nun ja, ich möchte erst sicherstellen, dass ich dort nicht sofort Leonie und Pia über den Weg laufe."

„Verstehe." Olivia nickt verständnisvoll. „Hätte ich mir eigentlich auch gleich denken können. Ich meine, wenn du schon nicht mit ihnen telefonieren möchtest, dann ist ja klar, dass du sie auch nicht sehen willst."

Das mit dem Wollen ist so eine Sache. Denn eigentlich würde ich sie schon gerne sehen, bloß traue ich mich irgendwie nicht. Ich habe Angst, dass, wenn wir uns über den Weg laufen, wir dort weitermachen, wo wir vorhin in der Schule aufgehört haben – nämlich mit dem Streiten. „So wie es aussieht, sind die beiden nicht da", meine ich erleichtert.

„Woher weißt du das? Kannst du etwa durch Wände sehen?"

„Nicht wirklich. Aber ich kann um die Ecke denken. Da Sunny und Marengo weder auf der Koppel noch auf dem Reitplatz oder auf der Weide stehen, müssen sie entweder mit ihren Besitzerinnen unterwegs sein, oder sie sind im Pferdestall. Das wiederum bedeutet, dass Leo und Pia nicht hier sind, denn dann wären die Pferde mit Sicherheit draußen."

„Und was ist mit der Reithalle?"

„Bestimmt nicht. Nicht bei dem schönen Wetter!"

„Dann wäre ja alles klar. Worauf warten wir noch? Lass uns zu deinem Pferd gehen!" Olivia marschiert sofort los. Doch ich ziehe sie am Handgelenk zu mir herunter hinter das Gebüsch.

„Aua! Sag mal, was soll das? Willst du mir etwa den Arm ausreißen?", faucht sie mich mit schmerzverzogenem Gesicht an.

„Tut mir leid, aber ich habe gerade dahinten Josh entdeckt."

„Na, und?“

„Josh ist Pias Freund – glaube ich jedenfalls. Und wenn er da ist, dann ist Pia vielleicht doch dort.“

„Und was jetzt? Ich habe keine Lust, den ganzen Tag hinter diesem Gebüsch hier zu hocken und mich von Armeisen bekrabbeln zu lassen.“ Mit hastigen Bewegungen wischt sie sich zwei der kleinen Krabbler von Knie.

„Nur noch eine Sekunde. Wir gucken nur, ob er alleine aus dem Pferdestall kommt oder ob Pia ihm folgt. Und dann schlagen wir los.“ Wie gebannt starre ich zum Pferdestall.

„Ich fühle mich wie eine Agentin auf geheimer Mission“, meint Olivia auf einmal. „Eigentlich ganz lustig, mal in eine andere Haut zu schlüpfen. Genau wie ein Schauspieler, der sich immer wieder neu in seine Rolle hineinleben muss.“ Sie grinst mich aufgeregt an. „Sag mal, Sophie. Wie sieht es denn eigentlich mit unserer Pyjamaparty morgen Abend aus?“, will sie dann aus heiterem Himmel wissen. Ehe ich ihr eine Antwort darauf geben kann, stellt auf einmal eine andere Stimme die nächste Frage.

„Was macht *ihr* denn hier?“

Hastig drehe ich meinen Kopf zur anderen Seite. Lucas?

„Wieso wir? Was machst *du* denn hier?“, erwidere ich seine Frage.

„Ich habe zuerst gefragt.“

„Wir – wir – na ja ...“

„Wir sind zwei Spione auf geheimer Mission“, meint Olivia plötzlich, völlig in ihre Rolle vertieft.

„Was für eine Mission?“, wundert Lucas sich.

„Äh –“ Ich schaue mich hastig nach allen Seiten um. „Beeren sammeln!“, sage ich dann lächelnd, pflücke vom Strauch eine Beere ab und halte sie Lucas hin. „Siehst du? Mission erfolgreich erledigt.“ Ich pfeffere mir die Beere in den Mund und verschlucke mich fast daran. Lucas fängt an, laut zu lachen.

„Du hast sie nicht mehr alle“, meint er prustend.

„Pssst!“ Wie von einer Tarantel gestochen springe ich auf und halte ihm den Mund zu. Sofort haut Lucas meine Hand weg.

„Dürfen die Beeren etwa nicht hören, dass ihr in der Nähe und auf der Jagd nach ihnen seid, ihr zwei Beerenjäger?“ Frech grinsend schaut er von mir zu Olivia und wieder zurück.

„Los, verschwinde“, zische ich, während ich einen prüfenden Blick in Joshs Richtung werfe. Doch anscheinend hat er uns nicht gehört. „Was wir hier treiben, geht dich gar nichts an.“ Ich durchbohre Lucas mit einem bösen Blick.

„Und jetzt hau endlich ab!“, fügt Olivia giftig hinzu.

„Von euch beiden lasse ich mir ganz bestimmt nichts befehlen. Ich gehe, wann es mir passt, kapiert?“, erwidert er, dreht uns den Rücken zu und setzt sich in Bewegung. „Und gerade passt es mir sowieso ganz gut“, fügt er noch hinzu und verschwindet.

„Was wollte der denn hier?“

„Das, was er immer will, wenn er sich in der Nähe des Reiterhof rumtreibt: zu Leo“, vermute ich.

„Sag bloß, die Kleine hat ihm den Kopf verdreht“, gluckst Olivia.

„Und wie“, erwidere ich kichernd und schaue wieder zum Reiterhof.

„Ach, sag mal. Du hast mir immer noch nicht auf meine Frage vorhin geantwortet.“

„Was für eine Frage?“

„Na, wie es mit der Pyjamaparty morgen aussieht.“

„Gut, gut“, sage ich, ohne meinen Blick vom Reiterhof zu wenden.

„Sehr schön!“, freut Olivia sich.

„Und mein Vater ist jetzt auch kein Problem mehr für uns. Der stört uns morgen ganz sicher nicht“, füge ich beiläufig hinzu.

„Was? Wieso? Wie meinst du das?“ Olivia wirkt auf einmal ganz nervös.

„Er hat seine Hauptdarstellerin schon gefunden“, grinse ich sie kurz über die Schulter an, worauf ich meinen Blick sofort wieder auf den Reiterhof richte. „Habe ich dir das nicht erzählt?“

„Nein. Diese Kleinigkeit hast du wohl vergessen.“ Olivias Stimme wirkt jetzt leicht gereizt.

„Ist doch auch egal. Mein Vater hat *sie* auf jeden Fall gesehen und war sofort begeistert“, berichte ich. „Damit haben wir das Zimmer nur für uns. Ist das nicht toll?“

„Toll?! Also, ich kann mir bei Weitem viel tollere Sachen vorstellen. Zum Beispiel mein Gesicht auf einem Kinoplakat. *Das* wäre toll.“

„Was?“ Ich schaue sie irritiert an.

„Na, was glaubst du, wozu ich mich all die Zeit mit dir abgegeben habe, hä?“

„Ich verstehe nicht.“

„Na, ganz bestimmt nicht, weil du so nett bist.“

„Wie bitte?“

„Sag mal, bist du wirklich so blöd oder tust du nur so? Ich wollte die Rolle.“

„Die Rolle?“ Ich falle aus allen Wolken.

„Ja, die Rolle. Als ich dich vor einer Woche in der Pause belauscht habe und gehört habe, dass dein Vater ein Schauspielagent und gerade auf der Suche nach einem neuen Gesicht für einen Kinofilm ist, wusste ich, was ich zu tun hatte. Blöderweise hast du mir jetzt alles kaputtgemacht."

„Nein. Sag mir bitte, dass das nicht wahr ist, Olivia."

„Wenn ich lügen soll. Bitte. Es ist nicht wahr. Siehst du? Ich wäre eine tolle Besetzung für eine Hauptrolle in einem Kinofilm." Sie steht auf, reißt sich den Hut und die Sonnenbrille ab, pfeffert die Sachen auf den Waldboden, schwingt sich wieder auf ihr Rad und weg ist sie.

Dieses Miststück! Leo und Pia hatten also tatsächlich recht. Auf einmal fühle ich mich hundeelend. All die Gemeinheiten, die ich ihnen an den Kopf geschmissen habe ... alles zu unrecht. Sie wollten mich doch nur warnen. Und ich? Ich habe nicht auf sie gehört. Völlig niedergeschlagen sacke ich in mich zusammen, sinke auf die Knie, lasse mich zu Boden plumpsen und fange an zu weinen.

Ich bin ja so ein Riesentrottel! Wie soll ich Leo und Pia bloß je wieder in die Augen schauen?

Olivia hat mich nur ausgenutzt. Sie mag mich gar nicht wirklich. Keine einzige Sekunde hat sie mich gemocht. Alles nur Theater. Nur um an meinen Vater und eine mögliche Filmkarriere zu kommen. So eine Gemeinheit.

Wie konnte ich bloß so blind sein – und so dämlich noch dazu?

Vor Wut über Olivia und auch mich selbst balle ich meine rechte Hand zu einer Faust und haue auf den Waldboden ein. Dann vergrabe ich schluchzend das Gesicht in meinen Händen und weine bitterlich, bis ich auf einmal ein Knacksen höre.

Aufgeschreckt schaue ich auf. Aus verheulten Augen sehe ich verschwommen Lucas' Bild vor mir.

„Wo kommst du denn jetzt auf einmal wieder her?“ Schnell wische ich mir die Tränen dem Gesicht.

„Ich war noch in der Nähe und da habe ich ein Tier leise wimmern hören.“ Lucas kommt näher.

„Sehr witzig. Haha. Ich lache morgen darüber.“ Ich wische mir mit dem Ärmel meiner Jacke die Nase ab.

„Was ist denn passiert? Wieso weinst du?“

„Ich weine doch gar nicht“, sage ich und fange sofort wieder an.

„Nun komm schon.“ Unbeholfen klopft Lucas mir auf die Schulter.

„Ich bin ja so ein Riesentrottel“, bricht es aus mir heraus. Lucas holt tief Luft, um etwas zu sagen. „Wag es dich ja nicht, mir zuzustimmen“, warne ich ihn und ziehe die Nase hoch. „Mir geht es so schon schlecht genug.“

Wortlos lässt Lucas sich neben mir nieder. Verwirrt schaue ich ihn von der Seite an, während er neben mir auf dem Boden sitzt und mir immer wieder verstohlenene und gleichzeitig ziemlich unsichere Blicke zuwirft.

„Willst du – willst du mir denn nicht – nicht –“, schluchze ich. „Willst du mich nicht ärgern?“

Lucas zuckt mit den Schultern. „Du weinst doch schon. Und so macht es nun mal keinen Spaß mehr.“ Er zerbricht einen kleinen Ast, den er vom Boden aufgehoben hat und wirft die zwei Teile wieder zurück. Dann schaut er mich erneut an. „Wenn du willst – also, ich meine, ich kann echt gut zuhören – auch wenn man es von mir nicht gerade erwartet.“

„Nein, danke“, erwidere ich sofort. So weit kommt es noch. Dass ich ausgerechnet Lucas mein Herz ausschütte. Bei aller Nichtliebe, aber: Nein. Nein, danke.

„Wie du willst. Ich wollte es dir nur angeboten haben."

„Na, schön. Es war so ...", sprudelt auf einmal doch die ganze Geschichte aus mir heraus. Ich erzähle Lucas von Olivia und davon, wie sie mich ausnutzen wollte. Von Leo und Pia, die mich vor ihr gewarnt haben, auf die ich aber nicht hören wollte und denen ich gemeine Dinge an den Kopf geworfen habe. Ganz zu schweigen von meiner Vernachlässigung Aurora gegenüber, weswegen ich jetzt noch zusätzlich ein ganz schlechtes Gewissen habe.

Als ich fertig bin, fange ich wieder an zu weinen.

„Hey, das – das lässt sich doch sicher alles wieder geradebiegen", versucht Lucas mich aufzubauen.

„Das sagst du. Pia und Leo wollen ganz bestimmt nie wieder etwas mit mir zu tun haben. Und ich kann es ihnen noch nicht einmal verübeln, denn ich würde auch nichts mehr mit mir zu tun haben wollen."

„Wieso spielst du nicht mit offenen Karten?"

„Weil mir jetzt ganz sicher nicht der Sinn nach einem blöden Kartenspiel steht", sage ich heulend.

„Du weißt, was ich meine."

„Meinst du wirklich, dass es was bringen würde?"

„Einen Versuch ist es doch wert, oder?"

Ich höre auf zu weinen und schaue Lucas nachdenklich an. Aber ehe ich etwas erwidern kann, werden wir von einem plötzlichen Aufruhr auf dem Reiterhof unterbrochen.

„Was – was ist denn da los?" Ich wische mir die Tränen aus den Augen, um besser sehen zu können. „Sieht irgendwie nicht gut aus", bemerke ich mit einem flauen Gefühl im Magen. Hastig richte ich mich auf und setze mich in Bewegung, ohne Lucas noch einmal anzuschauen.

Erst sind meine Schritte noch langsam. Doch dann werden sie immer schneller und schneller, bis ich mich schließlich im Lauftempo und einem immer mulmigeren Gefühl im Bauch dem Pferdestall nähere.

„Was ist hier los? Was ist passiert?“, will ich aufgeregt wissen, während ich mich an der versammelten Menge immer tiefer in den Pferdestall vorarbeite. „Wieso sagt denn niemand was? Was –“ Als ich vor Auroras Box ankomme, bleibt mir fast das Herz stehen. Bewegungslos liegt sie auf dem Heuboden und rollt nur mit den Augen. Pia sitzt direkt neben ihr und streichelt ihren Hals.

Von einer Sekunde auf die andere wird mein ganzer Körper von einer lähmenden Angst ergriffen. Meine Knie fangen an zu zittern, und meine Hände und Füße kribbeln, als würden dort gerade tausende von Armeisen durchlaufen. „Lasst mich durch.“ Ich drücke mich an den Leuten vorbei, die direkt vor der Boxentür stehen und mir den Weg versperren.

Vor Aurora falle ich auf die Knie. Ich nehme ihren Kopf in meinen Schoß und streichle ihr liebevoll über die Stirn. Kraftlos schnaubt sie.

„Aurora! Aurora mein Schatz. Was hast du denn?“ Dicke Tränen kullern meine Wangen hinunter. „Was ist mit ihr los?“ Ich schaue kurz zu Pia hinüber, die meinen Blick aber nicht erwidert. „Wieso sieht sie so krank und schwach aus?“, frage ich dann in die Menschenmenge hinein.

„Sophie“, Rolf, der Reiterhofbesitzer, kommt angerannt. „Schön, dass du dich hier auch mal wieder blicken lässt“, sagt er kurz angebunden, ohne mich richtig anzuschauen. Sein Blick ruht auf Aurora, der er nun auch seine ganze Aufmerksamkeit widmet.

„Was hat sie?", frage ich schluchzend, während er mit ernster Miene ihre Augen untersucht. „Wieso holt denn niemand den Tierarzt?"

„Der Tierarzt ist schon unterwegs. Er müsste jede Sekunde hier sein. Ach, da ist er auch schon. Kommt schon, Kinder. Macht Platz. Los, lasst den Tierarzt durch."

Nachdem der Arzt gemeinsam mit Leo, die ihn offenbar hergeführt hat, zu uns durchgedrungen ist, überlässt Rolf ihm sofort seinen Platzt direkt vor Aurora und macht sich daran, die Menschenmenge zu vertreiben.

„Kommt schon, geht bitte alle. Hier gibt es nichts zu sehen. Das Pferd braucht jetzt Ruhe. Geht!"

Die Menge vor Auroras Box lichtet sich, und die sorgenvollen Gesichter verschwinden. Bis auf Pias, Leos und mein eigenes.

„Was hat sie? Wird sie wieder gesund?" Meine Nerven sind zum Zerreißen gespannt, und ich halte die Ungewissheit kaum noch aus. „Nun sagen Sie doch etwas! Wieso sagen Sie denn nichts?!"

„Sophie. Lass den Mann in Ruhe seine Arbeit machen. Am besten geht ihr drei auch erst mal raus. Wenn der Doktor mit seinen Untersuchungen fertig ist, sagen wir euch Bescheid."

„Ich will aber nicht. Ich will bei ihr bleiben."

„Es dauert sicher nicht lange. Bitte."

Nur widerwillig folge ich Rolfs Anweisung und verlasse die Box und somit auch Aurora.

Nachdem ich zusammen mit Leo und Pia hinaus in die Stallgasse bugsiert wurde, schiebt Rolf die Boxentür zu, und für mich beginnt eine grauenvolle Zeit des Bangens und der Angst.

Während Pia und Leo beieinander stehen und an der Tür der

gegenüberliegenden Box lehnen, laufe ich unruhig in der Stallgasse auf und ab. Dabei kaue ich nervös an meinem rechten Daumennagel.

Was ist, wenn sie nicht mehr gesund wird? Was wird, wenn ich sie verliere? Nein! Ich darf nicht daran denken. Sie wird wieder gesund. Sie muss einfach. Sie muss.

Die Minuten des Wartens kommen mir wie endlose Stunden vor. Wann kommt der Tierarzt denn endlich wieder heraus? Lange halte ich es sicher nicht mehr aus. Ich will jetzt endlich wissen, was los ist. Was ist mit Aurora? Was hat sie?

Als meine Sorge zu einer einzigen andauernden Qual wird und ich schon das Gefühl habe durchzudrehen, gesellen sich auf einmal Leo und Pia zu mir.

„Mach dir keine Sorgen, Sophie. Es wird sicher wieder alles gut“, versucht Pia mich zu trösten.

„Ja. Unser Tierarzt ist echt super. Er wird Aurora ganz bestimmt helfen können“, meint Leo.

„Woher wollt ihr das wissen?“ Mit tränenverschmiertem Gesicht schaue ich zwischen den beiden hin und her. „Vielleicht wird gar nichts mehr gut. Und dann? Was mache ich denn dann?“

Pia legt einen Arm um meine Schultern, und Leo streichelt sanft über meinen Unterarm.

„Wie konnte das bloß passieren?“ Fassungslos fahre ich mir übers Gesicht. „Ich verstehe das nicht. Du solltest dich doch um sie kümmern.“ Mit verweinten Augen schaue ich Pia von der Seite an. Verunsichert zieht sie ihren Arm von meiner Schulter wieder weg und sieht mir fest in die Augen. „Wieso hast du nicht auf sie aufgepasst?“, frage ich völlig ratlos, worauf sich nun auch Pias Augen mit Tränen füllen.

„Ich – ich –“, stammelt sie mit schüttelndem Kopf. „Aber ich –“ Und auf einmal fängt Pia an zu weinen. Sie wendet den Blick von mir ab und flüchtet unter Tränen aus dem Stall.

Leo schaut ihr mitfühlend hinterher. Als sie ihren Blick mir zuwendet ist von dem Mitgefühl von soeben nichts mehr zu finden. Stattdessen sehe ich Wut in ihren Augen. „Sag mal, was fällt dir eigentlich ein?!“, donnert es schließlich aus ihr heraus. „Das ist ja wohl die Höhe! Die Einzige, die Schuld an Auroras Zustand hat, bist ganz alleine du! Du hast ja keine Ahnung, wie rührend Pia sich in den letzten Tagen um Aurora, *dein* Pferd gekümmert hat. Was sie sich alles hat einfallen lassen, um Aurora wenigstens ein bisschen zum Essen und Trinken zu bewegen. Ja, richtig verstanden: Aurora wollte weder etwas essen noch trinken. Und alles wahrscheinlich nur aus Frust, weil du dich so lange nicht hast blicken lassen.“

„Wie bitte? Wieso hat mir das denn niemand erzählt?“

„Du wolltest ja nicht zuhören. Wir haben dich allein heute mindestens zwanzig Mal versucht anzurufen. Aber du hast ja keine Zeit. Du hast in letzter Zeit überhaut nie Zeit. Nicht einmal, um eine kleine SMS zu lesen oder mal deine Mailbox abzuhören. Wenn du das nämlich getan hättest, wäre das Ganze wahrscheinlich gar nicht erst passiert“, meint sie und lässt mich ohne ein weiteres Wort einfach in der Stallgasse stehen und rauscht schnaubend ab.

Zeit, um ihre Worte zu verdauen, habe ich allerdings keine. Kaum ist Leo nämlich weg, geht Auroras Boxentür auf.

„Wird sie wieder gesund?“, frage ich den Tierarzt ohne Umschweife, nachdem er gemeinsam mit Rolf aus der Box getreten ist.

„Keine Sorge. Mit etwas guter Pflege wird sie in ein paar Tagen wieder ganz die Alte sein."

„Oh, danke!" Erleichtert falle ich dem Tierarzt um den Hals.

„Du kannst jetzt zu ihr. Sorg dafür, dass sie ausreichend trinkt, und es wird ihr schon wieder viel besser gehen."

„Das mache ich. Ganz bestimmt!"

Ich verabschiede mich von dem Tierarzt und betrete erleichtert Auroras Box.

„Na, meine Schöne?" Ich setze mich zu Aurora nieder und drücke ihr einen dicken Schmatzer aufs Maul. „Der Arzt hat gesagt, es wird alles wieder gut." Ich streichle zärtlich ihren Hals. „Du musst nur viel trinken und wieder etwas essen. Und ich bleibe solange ich nur kann bei dir", flüstere ich ihr zu, worauf sie ein leises Wiehern hören lässt.

Die darauf folgenden Stunden verbringe ich dann wie versprochen bei Aurora in der Box. Bis spät in den Abend sitzen wir beide einfach nur so da. Immer wieder halte ich ihr einen Eimer mit frischem Wasser hin, aus dem sie brav trinkt.

„So ist es gut." Lobend klopfe ich ihren Hals. „Du hast mir einen ganz schönen Schrecken eingejagt, weißt du das? Aber ich habe es wahrscheinlich nicht besser verdient. In letzter Zeit war ich dir ja keine besonders gute Freundin, und das tut mir wirklich sehr, sehr leid, meine Liebe. Du musst mir das bitte unbedingt glauben. Ich werde dich auch nie wieder so lange alleine lassen. Das verspreche ich dir. Na, was ist? Nimmst du meine Entschuldigung an?"

Auroras Antwort besteht aus einer klitzekleinen Geste. Sie erhebt ihren Kopf und schaut mich aus ihren großen und sanften Pferdeaugen an.

Ich fange an zu schmunzeln. „Das heißt dann wohl ja, oder?“ Überglücklich kuschle ich mich an meinen Liebling.

Als ich mich wieder von ihr löse, bemerke ich Pia. Sie steht in der Tür, und ihr Blick ruht auf mir. Sofort wird mein Lächeln von einem Ausdruck des schlechten Gewissens abgelöst.

„Du bist ja immer noch da“, meint Pia dann sichtlich überrascht.

„Ja.“ Liebevoll streiche ich Aurora die Mähne aus den Augen. „Pia, ich möchte mich bei dir –“ Ich will aufstehen und zu ihr gehen. Doch da meint sie:

„Bitte bemüh dich nicht, Sophie. Ich bin nur gekommen, um nach Aurora zu schauen.“

So kühl wie in diesem Augenblick habe ich Pia noch nie erlebt. Leo. Ja, der hätte ich eine derart kalte Schulter zugetraut, aber nicht Pia. Umso mehr tut es weh, sie so zu erleben. Aber wie ich es schon gerade zu Aurora gesagt habe: Ich habe es nicht besser verdient.

„Wie geht es ihr?“ Pia macht einen Schritt auf Aurora zu. Sofort schnaubt sie leise und lehnt ihren Kopf vertrauensvoll gegen Pias ausgestreckte Hand.

„Besser“, antworte ich und wünschte, sie würde mich auch fragen, wie es mir denn geht. Dann könnte ich ihr alles erklären und mich auch gleich entschuldigen. Doch sie tut es nicht. „Der Tierarzt sagt, dass sie wieder ganz in Ordnung kommt“, fahre ich fort. „Sie hat nur durch das Verweigern des Futters und vor allem des Wassers einen Kreislaufzusammenbruch erlitten. Die heiße Sonne hat dann noch ihr Übriges getan. Hör zu, es tut mir leid, Pia.“

„Was? Dass du nicht für Aurora da warst?“

„Ja, auch. Und dass ich dir vorhin all diese Gemeinheiten an den

Kopf geworfen habe. Das war richtig dumm von mir, und ich schäme mich dafür."

„Das hättest du dir früher überlegen müssen. Du kannst dir nicht vorstellen, wie sehr mich deine Worte und Schuldzuweisungen verletzt haben. Und das nach all dem, was ich in den letzten Tagen getan habe."

„Ich weiß. Leo hat mir erzählt, wie sehr du dich um Aurora bemüht hast."

„Tja. Leider lassen diese Dinge sich nun nicht mehr zurücknehmen." Sie wuschelt Aurora liebevoll durch die Mähne, kehrt mir dann, wie schon so oft in der letzten Zeit, ihren Rücken zu und geht.

Traurig lasse ich meinen Blick zu Boden sinken. In diesem Moment lehnt Aurora ihren hübschen Kopf sanft gegen meine Schulter und schnaubt leise. Ich vergrabe mein Gesicht in ihrer Mähne.

„Wenigstens habe ich nicht auch noch dich verloren", flüstere ich, während ich Tränen in meinen Augen aufsteigen spüre.

8. Kapitel, in dem ich wie Luft behandelt werde

Am nächsten Tag gleich nach der Schule eile ich zum Reiterhof. Obwohl es Aurora wieder viel besser ging, als ich mich gestern Abend von ihr verabschiedet habe, mache ich mir trotzdem immer noch Sorgen um sie. Schließlich ist sie jetzt alles, was mir noch geblieben ist.

Außerdem freue ich mich, endlich in ein liebevolles Gesicht zu schauen, nachdem ich es den ganzen Tag in der Schule entweder nur mit gleichgültigen oder unfreundlichen Gesichtern zu tun hatte.

Weder Leo noch Pia wollten mit mir sprechen. Wann immer ich in den Pausen auf sie zugehen wollte, haben sie sich schnell vom Acker gemacht, noch bevor ich mich richtig in Bewegung setzen konnte. Ja, sie sind förmlich vor mir geflüchtet.

Was Olivia betrifft, so bin ich mit der falschen Schlange fertig. Auch Edith und Sarah kann ich aus meinem Gedächtnis streichen, denn die halten ganz klar zu Olivia, ihrer Rudelführerin.

Nur Lucas war weder nett noch unfreundlich zu mir. Er hat mich einfach in Ruhe gelassen. Und das rechne ich ihm echt hoch an. Ich glaube zwar nicht, dass wir mal richtige Freunde werden, aber Feinde sind wir, glaube ich, auch keine mehr. Jedenfalls nicht so wie früher.

Als ich auf dem Reiterhof ankomme, steige ich vom meinem

Rad und stelle es an den Fahrradständern ab. Gleich neben den Rädern von Leo und Pia, wie ich feststelle.

Verwundert darüber, wie sie so schnell nach der Schule schon hier sein können, ziehe ich eine Augenbraue in die Höhe. Dann überlege ich einen Augenblick, ob ich Leo und Pia heute wirklich noch einmal über den Weg laufen und mich von ihnen wie Luft behandeln lassen möchte.

Natürlich möchte ich es nicht, aber was bleibt mir denn schon anderes übrig? Früher oder später werden wir uns eh wiedersehen. Schließlich haben wir alle drei unsere Pferde hier stehen. Also ... Augen zu und durch. Außerdem habe ich insgeheim immer noch die Hoffnung, dass die beiden mir vergeben, sich wieder mit mir vertragen und wir wieder die Freundinnen werden, die wir vor der Sache mit Olivia waren.

Ich lasse meinen Rucksack im Gepäckträger und marschiere Richtung Pferdestall zu Aurora. Dabei schaue ich mich immer wieder unsicher nach allen Seiten und damit nach Leo und Pia um.

Im Pferdestall angekommen höre ich dann ihre Stimmen.

„Ich bin ja so froh, dass es ihr wieder besser geht", meint Pia erleichtert zu Leo.

„Ja, ich auch", entgegnet diese, während ich mich langsam und unbemerkt immer weiter Auroras Box nähere.

„Hallo", begrüße ich die beiden zaghaft, nachdem ich eine Sekunde später vor Auroras Box stehen geblieben bin. Sofort drehen Leo und Pia sich zu mir um.

„Hallo", murmeln beide kurz wie aus einem Mund, ohne mich dabei richtig anzuschauen. Mit versteinernden Mienen gucken sie sich gegenseitig an, verabschieden sich mit ein paar Streicheleinheiten von Aurora und setzen sich dann auf einmal gleichzeitig in Bewegung.

„Wir sehen uns", murmeln sie, während sie sich an mir vorbeistehlen, in die Stallgasse hinaustreten und Richtung Ausgang laufen.

„Bitte wartet doch." Ich strecke meine Hand nach ihnen aus.

Doch meine Geste bleibt unbemerkt. Und als hätten sie mich auch nicht gehört, eilen sie schließlich hinaus ins Freie.

Betrübt schaue ich Aurora an. „Was soll ich denn bloß *noch* machen?", frage ich sie, kraule ihr Maul und lehne mich völlig ratlos gegen ihre Schulter. „Leo und Pia wollen immer noch nichts von mir wissen. Dabei tut mir die ganze Geschichte so wahnsinnig leid. Aber sie geben mir nicht einmal die Gelegenheit, mich bei ihnen zu entschuldigen", klage ich Aurora mein Leid. Sie schnaubt leise und zupft zärtlich mit ihren großen Pferdelippen an meinem Oberarm. Ich schmunzle und drücke ihr ein Küsschen aufs Maul. „Wie ich sehe, geht es dir heute noch etwas besser." Ich werfe einen raschen Blick in ihren Wassereimer. „Der ist ja fast leer", bemerke ich zufrieden. „Wie sieht es aus? Meinst du, du kannst schon wieder auf die Weide zu den anderen Pferden? In der Zwischenzeit mache ich dann deine Box sauber, fülle die Heuraufe nach und bringe dir frisches Wasser. Na, was sagst du dazu?"

Aurora scharrt freudig mit dem rechten Huf.

„Ich fasse das einfach mal als ein *Ja* auf." Ich streichle sie von der Stirn bis zur Nase, schnappe mir dann ihr Halfter und ziehe es ihr über. Anschließend führe ich sie langsam aus der Box und direkt auf die Weide hinaus. „Wenn ich fertig bin, hole ich dich wieder ab." Ich nehme den Führungsstrick vom Halfter und lasse Aurora auf die Weide gehen.

Gemütlich schlendert sie zu ihren Artgenossen und lässt sich von ihnen zur Begrüßung liebevoll am Widerrist beknabbern. Auf diese Art und Weise zeigen die Pferde sich ihre Zuneigung zueinander. So einfach ist das. Im Gegensatz zu uns Menschen.

Wie gerne würde ich Leo und Pia beweisen, dass mir alles, was ich in den letzten Tagen und Wochen getan und gesagt habe, leidtut und dass ich sie wirklich sehr mag. Als Zeichen dafür würde ich sie sogar auch beknabbern. Bloß müssten sie mir endlich die Gelegenheit geben, an sie heranzukommen. Aber das kann ich mir wohl abschminken. Sie behandeln mich wie Luft. Und das tut echt höllisch weh!

Als ich mit dem Saubermachen fertig bin, karre ich den Mist weg, lege Auroras Box noch mit frischem Stroh aus und bringe die Schubkarre und die Mistgabel wieder zurück in die Gerätekammer, wo ich sie gegen das Putzzeug eintausche.

Mit dem Putzkasten bewaffnet marschiere ich dann nach draußen. Ich lasse den Putzkasten auf dem Putzplatz kurz stehen und hole Aurora von der Weide.

„Jetzt wirst du schön gemacht, meine Süße“, sage ich zu Aurora, während ich sie zum Putzplatz führe. „So, hier bleiben wir stehen. Brav.“ Lobend klopfe ich ihre Kruppe. Dann schnappe ich mir die Kardätsche und fange an, Auroras Fell Stück für Stück damit zu bearbeiten.

„Wie geht es ihr?“

„Hä?“

Überrascht drehe ich meinen Kopf zur Seite. Ich war so in der Arbeit versunken, dass ich gar nicht mitbekommen habe, wie Rolf, der Reiterhofbesitzer, sich zu uns gesellt hat. Liebevoll streichelt er Aurora über den Hals.

„Wieder viel besser."

„Das freut mich", sagt er mit einem breiten Lächeln. „Und wie geht es dir?" Sein Lächeln wird weniger, und seine Augen schauen mich mitfühlend an.

„Mir?" Ich schaue schnell zu meinen Händen, die mit der Kardätsche über Auroras Fell streichen. „Mir geht es gut", meine ich schließlich.

„Wirklich?"

Ich schüttle meinen Kopf. „Nein. Nicht wirklich", gestehe ich traurig.

„Es ist wegen Leo und Pia, stimmt's?"

„Mhm." Ich nicke seufzend. „Ich weiß einfach nicht, was ich noch machen soll, um an die beiden ranzukommen. Jedes Mal, wenn ich in ihre Nähe komme, verdrücken sie sich ganz schnell. Nicht einmal entschuldigen kann ich mich bei ihnen."

„Du musst ihnen etwas Zeit geben. Das wird schon wieder."

„Da wäre ich mir allerdings nicht so sicher. Sie wollen einfach nichts mehr von mir wissen."

„Wie heißt es so schön? Die Zeit heilt alle Wunden." Rolf legt eine Hand auf meine Schulter. „Ich bin mir sicher, dass in ein paar Tagen alles wieder vergessen und ihr die besten Freundinnen sein werdet. Und nun lass den Kopf nicht so hängen. Du hast doch einen guten Grund, dich zu freuen. Schau dir doch bloß Aurora an. Ist es nicht erstaunlich, wie schnell es ihr wieder besser geht?"

„Ja." Ich schmunzle und gleite mit meinen Fingern sanft über Auroras Pferdewange. „Ich bin wirklich richtig erleichtert, dass sie sich so schnell wieder erholt hat. Ihr Appetit ist riesig, und sie trinkt auch wieder genug."

„Sehr schön!“ Rolf grinst, holt eine halbe Karotte aus seiner Hosentasche hervor und hält sie Aurora hin. Im Nu verputzt sie die saftige Rübe und tastet mit ihren Pferdelippen Rolfs Taschen nach noch mehr Leckereien ab. „Tut mir leid, aber das war das letzte Stück, das ich noch hatte“, sagt er glucksend, während Aurora ihre Suche noch lange nicht beendet hat. „Also, jetzt fängst du aber langsam an, mich zu kitzeln.“ Rolf macht einen Schritt rückwärts und Aurora einen auf ihn zu. Dabei lässt sie einfach nicht von seinen Taschen ab. „Da ist doch nichts mehr drin“, sagt er und steckt prüfend seine Hände in die Hosentaschen. Und siehe da: Da ist doch noch was drin. Und zwar ein klitzekleines Apfelstückchen, das Aurora sich sofort gierig unter den Nagel reißt.

„Tja, ihrer Schnüfflernase entgeht nun mal nichts. Und was ihrer Nase nicht entgeht, soll auch ihrem Magen nicht entgehen“, meine ich, worauf Rolf und ich anfangen zu lachen.

Aurora schnaubt zustimmend.

„So. Dann werde ich mal wieder. Die nächste Reitstunde fängt gleich an. Ich will die Kinder nicht warten lassen. Also, Sophie. Wir sehen uns. Halt die Ohren steif, ja? Nimm dir mal ein Beispiel an Aurora. Übrigens: Ein kleiner gemütlicher Spaziergang durch den Wald würde ihr jetzt gut tun. Und dir mit Sicherheit auch.“ Mit diesen Worten dreht er sich um und will gehen.

„Äh – Rolf. Ich habe da noch was vergessen.“

„Ja?“ Er bleibt stehen und dreht sich abwartend zu mir um.

„Ich sollte dich noch ganz lieb grüßen.“

„So? Von wem den?“

„Von Daria“, sage ich, worauf Rolf verträumt dreinschaut. „Das ist mir bei dem ganzen Wirbel in den letzten Tagen ganz entfallen.“

„Schon gut. Sag ihr – sag ihr, dass ich sie mal anrufe. Oder nein. Sag ihr nichts. Ich überrasche sie.“

„Alles klar. Ich halte dicht.“

Nachdem Rolf wie auf Wolke sieben weggeschwebt ist, widme ich mich wieder ganz und gar Aurora und ihrer körperlichen Pflege. Dabei kann ich einfach nicht aufhören, an Pia und Leo zu denken. Ich muss doch irgendetwas tun können, damit sie nicht mehr sauer auf mich sind. Aber was? Einfach abwarten und Däumchen drehen, wie Rolf es gesagt hat? Nein, das kann ich nicht. Dazu bin ich viel zu ungeduldig. Auf der anderen Seite bleibt mir ja im Grunde nichts anderes übrig. Pia und Leo lassen mir keine Gelegenheit, irgendetwas zu erklären oder sonst etwas zu sagen. Vielleicht sollte ich auch nichts mehr sagen. Genau. Ich nicht, aber jemand anderes. Jemand, der mit meinen Worten sagt, was ich denke und fühle. Ich meine, wenn sie nicht auf mich hören wollen, dann vielleicht auf ... Ja, ein Versuch ist es auf alle Fälle wert!

Schnell packe ich das Putzzeug zusammen, binde Aurora los und führe sie zurück in ihre Box, wo sie noch etwas trinken und essen kann. Dann laufe ich zu meinem Fahrrad. Aus meinem Rucksack fische ich Tabu heraus und eile wieder zu Aurora.

Nachdem ich mich auf den Heuballen in ihrer Box gesetzt habe, fange ich an zu schreiben.

Liebe Pia,
Liebe Leo,

es tut mir alles wahnsinnig leid. Ich weiß nicht, was ich sonst noch tun soll, um es euch zu sagen, deshalb schreibe ich es euch

und hoffe, dass ihr es lest und die Seite nicht sofort herausreißt und verbrennt.
Dass ihr mir nicht zuhören wollt, kann ich sehr gut verstehen. Ich habe es nicht anders verdient.
Ihr hattet recht. Mit allem. Ich war richtig blöd. Wie konnte ich glauben, dass Olivia mich wirklich mag? Wie konnte ich glauben, dass ausgerechnet ihr mir eine Freundschaft mit jemand anderem nicht gönnt? Was aber das Schlimmste ist: Wie konnte ich euch bloß so vernachlässigen? Neben Aurora seid ihr doch meine besten Freundinnen. Ja, selbst jetzt, wo ihr weder mit mir sprechen noch mich sehen wollt. Ich brauche euch und ich möchte zurück zu euch.
Ich könnte noch stundenlang weiterschreiben und euch noch über zig Seiten um Verzeihung anflehen, aber ich glaube nicht, dass es mehr bringt.
Bitte gebt mir die Gelegenheit, mich persönlich bei euch zu entschuldigen, denn diese Funkstille zwischen uns, die halte ich einfach nicht mehr lange aus. Bitte!

Eure Sophie

Nachdem ich mit meinem Brief fertig bin, klappe ich Tabu zu und drücke es ganz fest an meine Brust. Ich hoffe, es funktioniert.

„Was meinst du, Aurora? Glaubst du, sie nehmen meine Entschuldigung an?“

Aurora löst sich von ihrem Heu und schaut mich an. Ich stehe auf und schmiege mich an sie. „Am besten bringen wir Tabu gleich mal ins Baumhaus. Dann werden wir sicher bald wissen, was Leo und Pia von meinem Brief halten.“

9. Kapitel, in dem ich eine dicke Mauer durchbreche

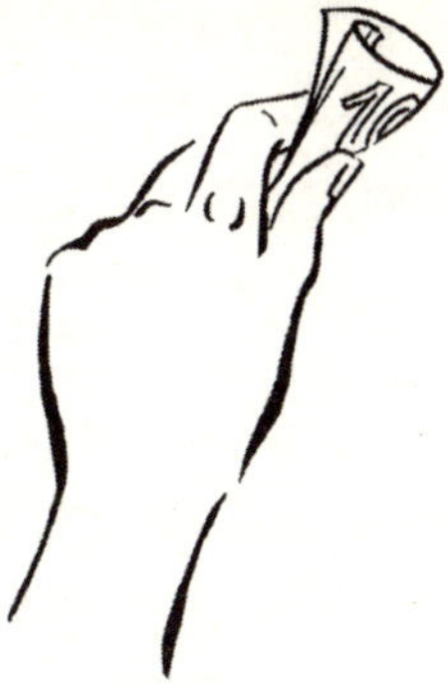

Tja, anscheinend halten sie rein gar nichts von meinem Brief, stelle ich einen Tag später total niedergeschlagen fest.

Schon seit den frühen Morgenstunden bin ich bei Aurora auf dem Reiterhof. Pia und Leo sind mittlerweile auch hier. Das heißt, Pia ist irgendwo mit Marengo und Josh unterwegs, und Leo versorgt ihren gescheckten Isländer Sunny.

Ich hingegen sitze auf dem Gatter und schütte Aurora mal wieder mein Herz aus. „Sie haben sich nicht gemeldet. Den ganzen Abend gestern habe ich wie eine Blöde auf mein Handy gestarrt und gehofft, dass wenigstens eine von den beiden anruft. Eine kurze SMS hätte auch genügt. Aber nichts." Vielleicht ist ja mein Handy kaputt, schießt mir der Gedanke durch den Kopf. „Oder meinst du, sie haben den Brief noch gar nicht gelesen? Ich meine, wir haben ihn ja erst gestern ins Baumhaus gelegt. Vielleicht waren sie in der Zwischenzeit noch gar nicht dort. Das kann sein. Manchmal sind wir tagelang nicht in unserem Geheimquartier gewesen. Ja, das ist sicher der Grund, weshalb sie sich noch nicht gemeldet haben. Hoffe ich zumindest. Was meinst du?" Ich fahre Aurora durch die Mähne, streichle ihre Stirn, lehne mich nach vorne und drücke ihr einen dicken Schmatzer auf die Nase. Daraufhin bewegt sie ihren Kopf einmal auf und ab und stupst mich dabei leicht an. Trotzdem reicht es aus, um mich völlig aus dem Gleichgewicht und ins Wanken zu bringen.

„Aaaaah!“ Mit wild rudernden Armen versuche ich, das Gleichgewicht wiederzuerlangen, um nicht vom Gatter zu purzeln. Doch alles Rudern hilft nichts. Ich kippe zu weit nach hinten und drohe zu fallen. Genau in diesem Moment umklammern zwei Hände von beiden Seiten meine Taille, stabilisieren meine Haltung und retten mich somit vom direkten Fall nach hinten.

„Vielleicht solltest du das Reiten erst auf einem Pferd üben, bevor du dich auf einen wilden Rodeoritt auf einem Gatterbalken einlässt?“, witzelt Lucas.

„Was machst du denn hier?“

„Dir das Leben retten.“

„Danke.“ Langsam steige ich vom Gatter und wische mir den Schweiß von der Stirn.

„Na ja, eigentlich bin ich hier, weil ich auf der Suche nach Leo bin.“

„Klar, was denn sonst. Die Frage hätte ich mir eigentlich sparen können.“

„Stimmt. Sag mal, weißt du, wo sie sich rumtreibt?“, fragt Lucas, während er schon mal jeden Millimeter des Reiterhofs mit seinen Augen durchleuchtet.

„Schau doch mal im Pferdestall nach“, rate ich ihm. „Dort habe ich sie jedenfalls vorhin noch gesehen. Seid ihr hier verabredet?“

„Sicher.“

„Und weiß sie auch von eurer Verabredung?“

Lucas schaut mich eine Sekunde lang an. „Noch nicht.“

„Verstehe. Na, dann viel Glück.“

„Danke.“ Zum Abschied hebt er die Hand und marschiert los in Richtung Pferdestall.

Noch vor eineinhalb Wochen hätte ich Lucas zum Teufel gejagt, anstatt ihm den Weg zu weisen. Er hingegen hätte mich hier gerade sicher eiskalt vom Gatter fallen lassen und sich dabei auch noch schlapp gelacht. Je mehr ich mir dabei wehgetan hätte, desto lauter wäre sein Lachen gewesen.

So gesehen hatte die ganze Geschichte zwischen Olivia, mir, Leo und Pia nicht nur Schlechtes.

Und trotzdem. Ich wäre lieber unter lautem Gelächter vom Gatter gefallen und hätte mir dabei einen Arm gebrochen, statt jetzt diesen Streit mit Leo und Pia zu haben.

An allem ist diese blöde Olivia schuld! Zugegeben, ich bin ganz und gar nicht unschuldig an der ganzen Situation. Und trotzdem: Olivia sollte für ihre Hinterlistigkeit bestraft werden. Ich werde schließlich für mein Verhalten auch bestraft. Und das schon seit Tagen. Dass Leos und Pia nichts mehr mit mir zu tun haben wollen, ist schmerzhafter, als ich es mir je hätte vorstellen können. Und ich sehe es nicht ein, dass ich diesen Schmerz ganz alleine ertragen muss, während Olivia völlig ungeschoren davonkommt.

Na, warte! Ich steigere mich in die Wut auf Olivia so hinein, dass ich anfange, am ganzen Körper zu zittern. „So einfach kommst du mir dann doch nicht davon. Das wirst du mir büßen, Olivia“, denke ich, als in diesem Augenblick Leo an mir vorbeischlendert. Im Schlepptau Sunny, der genüsslich an meinem kurzen Ärmel knabbert, während er langsam von Leo an mir vorbeigeführt wird. Lächelnd strecke ich meine Hand nach dem frechen Isi aus und kraule beim Vorbeigehen seine weiche Mähne. Wie angewurzelt bleibt der Wallach auf einmal stehen, lehnt auffordernd seinen Kopf gegen meine Schulter und wartet auf weitere Streicheleinheiten.

„Was ist denn mit dir los? Na, komm schon weiter." Leo zieht leicht an dem Führungsstrick. Doch Sunny lässt sich keinen Millimeter bewegen. Kichernd nehme ich beide Hände und fange an, Sunny vom Kopf abwärts bis zum Hals zu massieren. Genüsslich lässt das kleine Pony es sich gefallen und schnaubt leise vor sich hin.

„Du benimmst dich ja so, als würde ich nie mit dir schmusen", schimpft Leo, was Sunny allerdings nicht die Bohne zu interessieren scheint. „Was ist denn bloß in dich gefahren, du kleine treulose Tomate?", wundert sie sich, macht einen Schritt auf ihren kleinen Liebling zu, wuschelt ihm durch die Mähne und lenkt somit seine Aufmerksamkeit wieder auf sich.

Problemlos lässt er sich dann von ihr auf die Weide führen, wo er noch schnell ein dickes Bussi und ein paar liebevoll gemeinte Klapse absahnt und anschließend wie ein Wildgewordener über die Weide pest, langsamer wird, zum Stehen kommt und sich über das saftiggrüne Gras hermacht.

Leo steht unterdessen immer noch am Gatter und beobachtet belustigt ihr durchgedrehtes Pony.

„Verrückter", murmelt sie lächelnd vor sich hin, während sie kurz ihren Kopf schüttelt.

Als sie dann ohne mich eines Blickes zu würdigen an mir vorbeihuschen möchte, nehme ich all meinen Mut zusammen und ergreife wieder mal die Initiative.

„Leo." Ich halte sie am Arm fest. Wie in Zeitlupe schaut sie von meiner Hand in mein Gesicht hinauf.

„Was willst du?", möchte sie von mir wissen, während sie sich aus meinem Griff befreit. „Hast du etwa immer noch nicht kapiert, dass Pia und ich sauer auf dich sind?"

„Keine Sorge. Ich habe das schon verstanden. Ich bin ja nicht blöd. Es ist rein geschäftlich", komme ich gleich zur Sache.

„Hm?" Leo schaut mich verwirrt an.

„Ich will einen Streich kaufen." Ich halte Leo einen Fünfeuroschein hin. Sie schaut von mir auf das Geld und wieder zurück.

„Tut mir leid, aber ich habe keinen Streich für dich." Sie schiebt meine Hand samt dem Geld von sich weg.

„Aber ich dachte, du verkaufst sie."

„Das schon. Aber nicht an jeden."

„Nun komm schon. Ich brauche den Streich und du doch sicher das Geld für das Geburtstagsgeschenk deiner Oma."

„So dringend brauche ich es nun auch wieder nicht."

„Okay. Fein." Ich stecke mein Geld wieder ein. „Dann werde ich mir wohl alleine etwas einfallen lassen müssen. Ich glaube, ich habe da auch schon eine richtig gute Idee", meine ich geheimnisvoll und wecke damit sofort Leos natürliche Neugier für Streiche.

„Was denn für eine?", erkundigt sie sich.

„Na ja, ich habe da an so etwas wie – wie ..." Schnell versuche ich, mir was aus den Fingern zu saugen. „... wie Mehl und – und Eier gedacht."

„Willst etwa einen Kuchen backen? Toller Streich – obwohl. Wenn du noch ein Glas Salz und Pfeffer unterrührst, dann wird er vielleicht gar nicht mal so schlecht. Dazu noch ein bisschen Abführmittel ... Na ja, könnte klappen. Aber für wen soll der Kuchen denn überhaupt sein?"

„Für Olivia", verkünde ich. „Ich möchte dieser mieser falschen Schlange eins auswischen."

„Aha." Leo wird hellhörig.

„Etwa doch Interesse, mit einzusteigen?"

„Könnte sein." Sie legt ihre Stirn in Falten und überlegt. Dabei schaut sie mir tief in die Augen. „Na schön", sagt sie schließlich. „Ich helfe dir. Aber nur, weil mir noch etwas Geld für das Geschenk meiner Oma fehlt, klar?"

„Alles klar!", freue ich mich.

„Und den Kuchen vergessen wir auch. Für Olivia brauchen wir etwas ganz Besonderes." Sie zuckt vielsagend mit den Augenbrauen.

„Das wäre?"

„Mach dir darüber mal keine Sorgen. Ich lasse mir schon was richtig Schönes für sie einfallen. Es wird mir ein reines Vergnügen sein." Leo reibt sich voller Vorfreude die Hände und grinst schelmisch vor sich hin.

„Sag mal, jetzt, wo wir geschäftliche Partner sind ..." Ich halte inne und schaue Leo schüchtern an.

„Ja?"

„Sind wir auch wieder Freundinnen?", frage ich zaghaft.

„Wie kommst du denn darauf?"

„Hör zu, Leo. Es tut mir leid!"

„Und?"

„Und ich möchte, dass wir wieder die Freundinnen sind, die wir vorher waren."

„Und?"

„Und ich war ein Trottel."

„Und?"

„Und ich möchte, dass du mir verzeihst."

„Und?"

„Und? Was denn noch?“, wiederhole ich.

„Und?“

„Und ich hätte von Anfang an auf dich hören sollen.“

„Das ist richtig!“

„Ich weiß.“

„Das solltest du dir unbedingt hinter die Ohren schreiben und fürs nächste Mal merken.“

„Heißt das, du verzeihst mir?“

„Na ja –“

„Oh, danke!“ Ich falle Leo um den Hals. „Danke! Danke! Danke!“

„Ist ja schon gut. Und jetzt lass mich wieder los, sonst erwürgst du mich noch.“

„Du kannst dir gar nicht vorstellen, wie glücklich mich das macht, Leo.“

„Doch, das kann ich“, meint sie und kickt einen unsichtbaren Stein weg. „Meinst du, mir hat es nichts ausgemacht, dass wir uns gestritten haben?“

„Oh, Leo.“ Ich lege beide Hände auf ihre Schulten. „Lass und nie, nie, nie wieder streiten, okay?“

„Hand drauf?“

„Hand drauf!“ Lächelnd schütteln wir unsere Hände und nehmen uns gegenseitig in die Arme.

„Jetzt muss ich mich nur noch mit Pia aussprechen, und alles ist wieder gut.“

„Tja, das wird mit Sicherheit ein harter Brocken. Mit Pia wirst du es nämlich nicht so einfach haben wie mit mir. Sie ist ganz schön enttäuscht von dir.“

„Ich weiß.“ Betrübt schaue ich zum Boden. „Ich bin es ja auch.“

„Am besten gehst du gleich zu ihr."

„Kommst du bitte mit?"

„Na, meinst du, ich will mir das entgehen lassen? Und ob ich mitkomme!"

Kaum haben Leo und ich uns in Bewegung gesetzt, um uns auf die Suche nach Pia zu machen, taucht auf einmal Lucas wie aus dem Nichts neben uns auf.

„Hallo, Leo", himmelt Lucas sie an. „Hi, Sophie", meint er dann kurz in meine Richtung, was Leo ziemlich zu verwirren scheint.

„Wie? Hi, Sophie?", wiederholt sie und guckt völlig verdattert zwischen Lucas und mir hin und her. „Was geht denn hier ab?"

„Was meinst du?" Lucas und ich wechseln fragende Blicke.

„Was ich meine? Na, das hier!" Sie deutet auf Lucas und mich. „Habe ich etwa was verpasst? Seit wann beschimpft ihr euch denn nicht mehr? Seit wann dieser Frieden, diese Freude, dieser Eierkuchen?"

„Na ja, wir– "

„Wir haben uns halt irgendwie vertragen", beende ich Lucas Satz, wobei wir uns anschauen.

„Ehrlich?" Leo reißt erstaunt die Augen auf.

Lucas und ich nicken gleichzeitig.

„Das glaube ich ja nicht! Ihr habt euch wirklich vertragen?"

„Ja", sagen wir wie aus einem Mund.

„Das ist ja ... so was von langweilig!"

„Wie bitte?"

„Na, früher war es richtig lustig, euch zusammen zu sehen. Und heute? Heute ist es zum Gähnen langweilig. Ihr zickt euch nicht an, durchbohrt euch nicht mit bösen Blicken. Total öde!"

„Na, hör mal ...", fange ich an.

„Also, wenn du willst ...“, fährt Lucas mir ins Wort, „... dann können wir uns ja wieder etwas ärgern“, schlägt er Leo vor.

„Was?“ Ich werfe Lucas einen irritierten Blick von der Seite zu.

„Ach, das könnt ihr doch gar nicht mehr.“ In Leos Stimme liegt Enttäuschung.

„Wieso denn nicht?“ Lucas breitet seine Arme zu beiden Seiten aus und zuckt mit den Schultern. „Für mich wäre das wirklich kein Problem.“

„Aber für mich!“ Ich stemme beide Hände in die Hüften.

„Nun stell dich doch nicht so an, du kleine Zicke!“, entgegnet Lucas forsch.

„Wie hast du mich gerade genannt, du blöder Eierkopf?“ Ich verschränke beide Arme vor der Brust.

„Zicke!“, wiederholt Lucas überdeutlich. „Jetzt verstanden? Oder soll ich es dir schriftlich geben?“

„Seit wann kannst du denn schreiben, du Hornochse?“

„Nein, nein, nein! So wird das nichts“, unterbricht Leo uns. „Das klingt nicht mal annähernd so wie früher. Ihr habt es einfach nicht mehr drauf.“

„Sag doch so was nicht“, meint Lucas. „Wir kriegen das ganz sicher besser hin. Glaub mir.“

„Meinst du wirklich?“

„Wenn ich es dir doch sage, Leo!“

„Na schön. Dann lasst mal hören. Und Lucas: Wenn mir gefällt, was ich sehe, dann gehe ich mit dir auch wieder ins Kino.“

„Hey, Moment mal! Da mache ich aber ganz sicher nicht mit.“

„Ach, nein?!“ Lucas durchbohrt mich mit einem finsteren Blick.

„NEIN!“, wiederhole ich.

Bitte!, formt er dann mit seinen Lippen lautlos, während Leo gerade zu mir schaut. Jetzt verstehe ich! Lucas möchte Leo bloß beeindrucken und mit ihr ins Kino gehen. Daher weht also der Wind. Na schön. Dann will ich ihm ausnahmsweise mal ein bisschen dabei helfen. Schließlich bin ich es ihm ja irgendwie schuldig, so nett, wie er in der letzten Zeit zu mir war.

„Du hast ja nur Angst, dass du den Kürzeren ziehst."

„Ich? Ganz bestimmt nicht. Wenn hier jemand den Kürzeren zieht, dann bist das ganz klar du!"

„Das wollen wir mal sehen", meint er dann laut und krempelt sich dabei herausfordernd seine Ärmel hoch.

„Was machst du denn da? Sind dir deine kurzen Ärmel etwa noch nicht kurz genug?", frage ich Lucas mit verständnisloser Miene.

„Ich wüsste nicht, was dich das angeht."

„Tut es auch nicht." Ich winke gleichgültig ab. „Mach mit deinen blöden Ärmeln doch was du willst. Das Ganze ist ja lächerlich. Also, wirklich."

„Lächerlich! Ha, das musst gerade du sagen."

„Worauf spielst du an?"

„Auf deine Schwärmerei für mich."

„Was?!", kreische ich.

„Komm schon, gib zu, dass du in mich verknallt bist. Ich meine, selbst unsere Mathelehrerin hat das bemerkt.

„D – d – das ist ja so was von absolut nicht wahr!" Ich verliere langsam, aber sicher die Fassung.

„Ja! Ja, das ist gut", feuert Leo uns in diesem Moment begeistert an. „Wirklich lustig! Fast wie in guten alten Zeiten."

Ich schaue von Leo zu Lucas und seinem selbstgefälligen Grinsen. Da fängt mir vor Wut das Blut in den Adern zu kochen an und ich bin nur eine Haaresbreite vom Ausrasten entfernt.

„Hey, das ist ja sogar noch viel besser als früher", meint Leo dann plötzlich und kriegt sich gar nicht mehr ein vor Lachen. „Hört auf! Hört bitte auf, sonst platze ich gleich. Stopp! Stopp, ich kann nicht mehr. Hahaha! Hört auf." Leo hält sich den Bauch, krümmt sich und schlägt sich mit den Händen auf die Schenkel. „Ich – ich kann nicht mehr!", bringt sie die Worte nur sehr schwer hervor. „Na, schön. Das reicht. Ich gehe mit dir ins Kino."

„Sehr gut. Ich hole dich morgen Abend ab."

„Morgen Abend geht es leider nicht. Da feiert meine Oma doch ihren Geburtstag. Wie wäre es mit Dienstag? Da ist Kinotag."

„Meinetwegen. Also, am Dienstag dann. Tschau", sagt er, zwinkert mir unbemerkt zu und verschwindet.

„So ein Spinner!"

„Schon gut, Sophie. Du brauchst dich nicht mehr zu verstellen", meint Leo, die anscheinend unsere Masche durchschaut hat.

„Das tue ich gar nicht", erwidere ich und bin mir wirklich nicht mehr ganz sicher, ob es zum Schluss tatsächlich nur bei der Masche geblieben ist. Lucas hat mich nämlich wieder richtig auf die Palme gebracht.

„Tja, dann wäre damit ja fast alles wieder beim Alten, was?", grinst Leo und knufft mir in die Seite.

„Fast", gebe ich ihr recht, nachdem ich Pia entdeckt habe.

„Wollen wir?", fragt Leo, während sie ebenfalls zu ihr hinüberschaut.

„Ja", sage ich seufzend, bleibe jedoch weiterhin wie angewurzelt stehen.

Ich muss gestehen, dass ich große Angst vor einer Zurückweisung habe. Besonders weil mir Leo vorhin erzählt hat, dass Pia wirklich sehr enttäuscht von mir ist. Das war mir natürlich auch so klar. Dennoch hat es die Angst in mir noch etwas mehr geschürt.

„Komm“, fordert Leo mich aufmunternd auf. „Gehen wir ihr entgegen.“

„Nur noch eine Minute, ja?“, sage ich und beobachte Pia dabei, wie sie gemeinsam mit Josh aus dem Wald geritten kommt.

Auf dem Hof angekommen, steigen beide von ihren Pferden, nehmen ihnen das Sattel- und Zaumzeug ab und führen sie auf die Weide.

Während die beiden sich dann ans Gatter stellen und ihren Pferden beim Grasen zuschauen, hakt Leo sich bei mir unter und zieht mich in ihre Richtung.

„Die Minute ist vorbei.“

„Ich traue mich aber immer noch nicht.“

„Keine Sorge. Pia wird dir schon nicht den Kopf abreißen.“

„Bist du sicher?“, frage ich, während ich mich immer noch von Leo ziehen lasse.

„Nicht wirklich. Aber je eher du es hinter dir hast ...“

„Ja?“

„... desto weniger lange schiebst du es vor dir her“, beendet sie ihren Satz.

„Das ist wohl wahr.“ Einsichtig setze ich einen Fuß vor den anderen. Leider verliert sich meine Einsicht genauso schnell, wie sie gekommen ist. Kurz vor der Zielgeraden bleibe ich wieder stehen. „Ich kann das nicht.“ Ich drehe mich auf dem Absatz um und will mich aus dem Staub machen. Da habe ich meine Rechnung allerdings ohne Leo gemacht.

„Nichts da. Hier wird nicht gekniffen.“ Mit stramm ausgestrecktem Arm und einem kommandierenden Zeigefinger versperrt sie mir den Weg. „Da geht es lang."

„Ist ja schon gut." Wie ein zum Tode Verurteilter trotte ich an Leo vorbei und geradewegs auf Pia und Josh zu.

„Kann ich kurz mit dir sprechen?", frage ich Pia, nachdem ich bei ihr angekommen bin.

„Ich dachte, es wäre bereits alles gesagt", meint sie zurück und dreht ihren Kopf wieder zur Weide.

„Bitte, Pia."

„Ich wüsste nicht, was wir noch miteinander zu besprechen hätten", meint sie, als Josh sich zu ihr rüberlehnt und ihr etwas ins Ohr flüstert. „Na schön. Was möchtest du?"

„Mich bei dir entschuldigen."

„Und wieso sollte ich deine Entschuldigung annehmen?"

„Weil sie ernst gemeint ist und ich nie wieder eine ruhige Nacht haben werde, wenn du es nicht tust."

„Dann stell dich schon einmal auf ein paar wirklich harte Nächte ein." Sie dreht sich wieder von mir weg.

„Pia, ich weiß nicht, was ich sonst noch machen soll. Wenn ich irgendetwas tun kann, damit du mir nicht mehr böse bist, dann sag es, und ich tue es sofort."

„Hm." Sie löst ihren Blick von der Weide und schaut mich wieder an.

„Darf ich mir etwas überlegen, Pia? Bitte, ja? Mir fällt sicher etwas Gutes ein, was Sophie tun müsste", bietet Leo natürlich völlig selbstlos ihre Dienste an.

„Nein, das gilt nicht, Leo", sage ich.

„Aber wieso denn nicht? Mir hast du nicht angeboten, alles für mich zu tun."

„Jetzt ist es zu spät. Wir haben uns bereits ausgesprochen und sind versöhnt."

„So ein Mist aber auch!"

„Ich wüsste da was", meint Pia auf einmal. Ich warte gespannt. „Ich will ein Versprechen."

„Alles."

„Ich möchte, dass du uns versprichst, uns nie wieder wie Luft zu behandeln UND nie wieder meine Fürsorge für Pferde infrage zu stellen. Das tut nämlich echt weh."

„Pia, wirklich. Das habe ich nicht so gem–"

„Versprich es!", fährt sie mir ins Wort. Fest sieht sie mir in die Augen.

„Ich verspreche es. Hoch und heilig!"

„Sehr schön. Damit wäre alles geregelt."

„Das war es schon?" Ungläubig schüttle ich den Kopf, während meine Augen zwischen Leo und Pia hin- und herwandern. „Das war wirklich alles?"

„Also, wenn du willst, lasse *ich* mir da gerne noch etwas einfallen." Frech grinst Leo mich an. Ich grinse zurück und umarme meine beiden Freundinnen, so fest ich nur kann.

„Und ich? Wer umarmt mich?", meldet sich Josh plötzlich zu Wort.

„Ach, komm her!" Leo schnappt sich das Handgelenk ihres Cousins und zieht ihn zu uns in den Kreis.

„Josh, ich möchte dir danken!", meine ich, nachdem wir uns wieder alle voneinander gelöst haben.

„Wofür?"

„Na, dafür, dass du bei Pia ein gutes Wort für mich eingelegt hast."

„Habe ich das?“ Josh schaut Pia an. Die lacht sich leise ins Fäustchen.

„Etwa nicht?“ Ich werde unsicher.

„Nicht dass ich wüsste“, entgegnet Josh grinsend.

„Was hast du Pia denn dann vorhin ins Ohr geflüstert?“

„Wortwörtlich? Sehr gut! Weiter so, Pia. Lass dich bloß nicht zu schnell um den kleinen Finger wickeln und lass Sophie noch ein bisschen zappeln.“

„Ehrlich?“ Ich werfe Pia einen fragenden Blick zu. Sie nickt grinsend.

„Du Blödmann!“, sage ich und meine es nicht ganz ernst.

„Was denn?“ Josh zuckt nur mit den Achseln. „Du hast es schließlich verdient.“

„Stimmt“, gestehe ich und strahle an diesem wunderschönen Tag bis über beide Ohren.

10. Kapitel, in dem ich schmecke, wie süß Rache sein kann

„Ist sie schon da? Siehst du sie irgendwo?“

„Nein, leider nicht.“ Ich schaue mich suchend nach allen Seiten um. Doch außer den ganzen geladenen Gästen zu Oma Gerlindes Geburtstag, den wir hier auf dem Reiterhof feiern, kann ich niemanden sonst entdecken „Und was ist, wenn sie erst gar nicht kommt?“

„Vertrau mir. Sie wird kommen“, meint Leo selbstsicher. „Eine Einladung zu einem Casting schlägt Olivia doch nie und nimmer aus. Glaub mir.“

„Ja, du hast bestimmt recht.“

„Das hat sie. Schaut mal da drüben.“ Pia deutet zum Reiterhofeingang.

„Na also. Wer sagt's denn?“ Leo reibt sich die Hände. „Also, auf geht's, Mädels. Ihr wisst ja, was ihr zu tun habt.“

Pia und ich nicken verschwörerisch und schwirren aus.

Nachdem Pia, Leo und ich uns gestern endlich richtig ausgesprochen haben, sind wir zum Baumhaus rausgeritten. Dort haben wir dann unsere Köpfe zusammengesteckt und uns etwas richtig Schönes für Olivia einfallen lassen. Ich bin gespannt, wie es nun bei ihr ankommen wird. Schadenfroh lache ich in mich hinein, hebe mit einem gespielt freundlichen Lächeln meine rechte Hand und winke Olivia zu mir.

„Hallo! Hallo, Olivia. Hier bin ich!"

„Sophie. Wie schön, dich zu sehen", meint sie, nachdem sie bei mir angekommen ist. „Hör mal, ich finde es richtig nett von dir, dass du sofort an mich gedacht hast, als dein Vater sich doch gegen das andere Mädchen entschieden hat. Glaub mir, ich bin wie geboren für diese Hauptrolle."

„Willst du nicht erst wissen, worum es da überhaupt geht?"

„Klar, sicher. Also, worum geht es in dem Film?"

„Es ist eine kleine Liebesgeschichte. So eine Art zeitgenössische Verfilmung des Märchenklassikers *Der Froschkönig.* Nur ohne Frösche, verstehst du? Ein Film mit viel Herzschmerz, Romantik und so einem Kram."

„Super. Genau mein Fall. Und wo ist jetzt eigentlich dein Vater?", erkundigt sich Olivia. „Von mir aus kann es nämlich sofort losgehen."

„Nein, da haben wir uns wohl falsch verstanden, Olivia. Ich dachte, ich erzähle dir erst mal alles, was ich weiß, wir proben ein bisschen, und dann gehst du zu dem Casting. Es ist übrigens morgen nach der Schule. Dann hast du schon mal einen Vorsprung den anderen gegenüber, die sich sonst noch vorstellen wollen, verstehst du?"

„Ja, wirklich Klasse, Sophie." Olivia nickt verklärt.

„Also, hör gut zu. Mein Vater lässt alle dieselbe Szene spielen – natürlich völlig überraschend, und dann entscheidet er sich."

„Für miiich", flötet Olivia schon siegessicher.

„Mit meinem Insiderwissen ganz klare Sache. Ich habe hier einen Auszug der Szene, die mein Vater sich aus dem Drehbuch für morgen ausgesucht hat." Ich ziehe aus meiner hinteren Hosentasche ein in der Mitte gefaltetes Blatt. „Siehst du?"

„Oh, ich bin ja schon so aufgeregt.“

„Und ich erst.“

„Sophie, bevor wir hier weitermachen, muss ich dir was sagen.“ Sie legt ihre Hand auf mein Handgelenk.

„Hm?“

„Du bist meine beste Freundin. Und deswegen verstehst du auch sicher, dass ich das, was ich da neulich zu dir im Wald gesagt habe, nicht ernst gemeint hab. Ich war nur so unendlich traurig und enttäuscht darüber, dass sich meine Träume von einer Sekunde auf die andere in Luft aufgelöst haben. Du musst nämlich wissen, dass es mein allergrößter Wunsch ist, einmal eine richtig berühmte Schauspielerin zu werden.“

„Hey, ich verstehe das. Mach dir mal darüber keine Gedanken, Olivia. Ist doch schon wieder alles vergeben und vergessen, sonst hätte ich dich doch nicht hergebeten, um dir bei der Erfüllung deines Traumes zu helfen.“

„Ich wusste, du würdest es verstehen.“

„Wenn dich nicht deine beste Freundin versteht, wer dann?“

„Genau.“

„Also, basteln wir jetzt mal an deiner Karriere weiter.“

„Mit Vergnügen!“

„Stell dir vor, du bist Rosalinde und hast dich unsterblich in Pedro verliebt. Der ist aber leider seit ein paar Tagen spurlos verschwunden. Und jetzt vermisst du ihn so sehr, dass du an gar nichts anderes mehr denken kannst. Hier ist dein Text. Und los geht's.“

„Alles klar.“ Olivia schließt ihre Augen, atmet ein paarmal ein und aus, schüttelt sich kurz und öffnet wieder die Augen. Als wäre sie nicht mehr sie selbst, nicht mehr Olivia, sondern tatsächlich Rosalinde, die vor Liebeskummer zergeht, steht sie mir gegenüber und liest ihren Text vom Blatt.

Zu meiner großen Überraschung macht Olivia das gar nicht mal so schlecht. Alle Achtung. Sie ist sogar richtig gut, muss ich verblüfft zugeben. Doch das nützt ihr jetzt auch nichts.

Hätte sie mich doch von Anfang an nett gefragt, mit offenen Karten gespielt, dann hätte ich sie womöglich wirklich mit meinem Vater bekannt gemacht. Und bei dem Talent, das sie hier an den Tag legt, hätte es mich auch nicht gewundert, wenn mein Vater sich tatsächlich für sie entschieden hätte. Aber so ... sie verdient die Rache!

„Und? Wie war ich?" Gespannt wartet Olivia auf meine Reaktion.

„Gut! Sehr gut!", sage ich und meine es sogar ernst. Dass sie aus dem lächerlichen Text, den Leo, Pia und ich uns gestern aus den Ärmeln geschüttelt haben, so etwas Annehmbares macht, hätte ich echt nicht erwartet. Schließlich haben wir die Szenen und die Dialoge extra auf lächerlich und übertrieben getrimmt.

Aber so, wie Olivia es hier gerade präsentiert hat, klang es echt gut. Vielleicht sollten Pia, Leo und ich ja noch ein bisschen weiter an unserem Drehbuch arbeiten. Wer weiß, am Ende wird noch tatsächlich ein Kassenschlager daraus.

Bevor wir uns allerdings ernsthaft mit diesem Thema auseinandersetzen, sollten wir erst einmal unseren Rachefilm hier zu Ende drehen. „Na schön. Diese Szene beherrschst du super. Machen wir also mit dem Herzstück des Filmes weiter. Der Kussszene."

„Oh, ja. Nach der Szene gerade bin ich jetzt richtig warm geworden."

„Dann sollten wir schnell weitermachen, bevor du uns hier gleich noch abkühlst“, meine ich und winke Leo zu mir herüber.

„Hi“, begrüßt sie Olivia.

„Was will die denn hier?“

„Sie hilft uns bei den Proben.“

„Ich muss die Kussszene aber doch nicht etwa mit ihr üben, oder?“ Olivia deutet herablassend auf Leo.

„Nein.“ Ich schüttle meinen Kopf. „Keine Sorge. Sie ist doch ein Mädchen – auch wenn sie nicht wie eins aussieht“, erlaube ich mir einen kleinen Scherz auf Leos Kosten, worauf sie mir mit zusammengezogenen Augenbrauen sofort ihren spitzen Ellenbogen in die Seite rammt. „Aua!“ Ich will mich gerade mit einem kleinen Kneifer bei ihr rächen, als sie schnell einen Schritt zur Seite macht.

„Wollen wir jetzt weitermachen?“, meint sie dann und lächelt von mir zu Olivia und wieder zurück.

„Natürlich“, erwidere ich und werfe einen Blick in unser Script. „Die Kussszene. Aber bevor wir sie gleich proben, rate doch zuerst mal, wen du nachher im Film, wenn du die Rolle kriegst, wirklich küssen darfst.“

„Keine Ahnung? Johnny Depp? Brad Pitt?“, schwärmt Olivia.

„Nicht doch. Die Produktionsfirma, die den Film finanziert, konnte sich leider keinen von beiden leisten.“

„Wie schade.“

„Sie haben aber einen wirklich guten Ersatz gefunden.“

„Wen denn?“ Olivia hält es vor Spannung kaum noch aus.

„Halt dich fest. Es ist niemand Geringeres als Elias Ellerhai.“

„Nein!“ Sie kann ihr Glück einfach nicht fassen.

„Mhm.“ Ich nicke nur.

„Der ist ja total süß!“, freut sie sich.

„Ich weiß. Deshalb ist diese Szene jetzt ganz besonders wichtig für das morgige Casting. Elias wird nämlich auch da sein."

„Das glaub ich nicht."

„Es ist wahr."

„Na, worauf warten wir dann noch. Lass uns endlich weiterproben. Ich will mich morgen schließlich nicht blamieren."

„Wozu bis morgen warten", murmelt Leo in meine Richtung.

„Was hast du gerade gesagt?", hakt Olivia noch einmal nach.

„Ach, nichts." Leo winkt ab, fischt aus ihrem Rucksack ein Glas mit Schokoaufstrich, dreht die Kappe ab, taucht ihre Finger darin ein und will gerade damit Olivias Wange beschmieren, als diese stutzig einen Schritt rückwärts macht.

„He, was wird denn das?", will sie wissen.

„Na, wir müssen deine Wange mit etwas Süßem einreiben", erklärt Leo geduldig.

„Wie bitte? Wofür?"

„Was ist denn das für eine Frage?", gehe ich dazwischen. „Willst du die Rolle nun oder willst du sie nicht?"

„Schon, aber –"

„Dann gibt es auch kein Aber. Oder meinst du, dass ein Regisseur später auch mit sich diskutieren lässt?", frage ich, und Olivia sieht es ein.

Fest kneift sie ihre Augen zusammen und hält Leo nun wortlos ihre Wange hin. Ohne zu zögern greift Leo noch einmal ins Glas und holt eine halbe Handvoll der schokoladigen Leckerei heraus. Dann schmiert sie die süße Versuchung Olivia voller Wonne ins Gesicht.

„So. Fertig."

„Kann es losgehen?", will ich von Olivia wissen, die gute Miene zum bösen Spiel macht. Als Antwort nickt sie heftig. „Na, schön. Wo ist unser Nebendarsteller?"

„Hier kommt er schon." Mit Sunny im Schlepptau kommt Pia aus dem Pferdestall spaziert.

Olivia klappt die Kinnlade nach unten, als sie das gescheckte Pony sieht. „Das ist nicht wahr. Bitte sagt, dass dieser Gaul nichts mit der Szene zu tun hat."

„Wenn du die Rolle doch nicht willst, dann ist das okay. Mein Vater findet ganz sicher jemand anderen dafür."

„Nein, nein. Ist schon gut. Ich bin ein Profi. Her mit dem Gaul."

Pia übergibt den Führungsstrick an Leo. Die hält Sunny ihre Schokofinger hin, und sofort schleckt er sie mit seiner langen Zunge sauber. Unterdessen steht Olivia bloß da und schaut sich schaudernd an, was in wenigen Augenblicken auch mit ihrer Wange passieren wird. Dabei verzieht sie angewidert das Gesicht.

„Bereit?"

Olivia nickt kurz.

„Und Action!", rufe ich, als Olivia auf einmal doch einen Rückzieher macht.

„Nein! Halt, Stopp!" Sie hält beide Hände abwehrend vor sich. „Igitt!", schüttelt sie sich. „Ich kann das nicht."

„Komm schon, Olivia", versuche ich ihr gut zuzusprechen. „Ich habe heimlich das Drehbuch gelesen. Du bist wirklich wie geboren für diese Rolle. Sie ist dir sozusagen auf den Leib geschrieben", gluckse ich in mich hinein. „Schließ einfach die Augen und denk nur an Elias. Denk an Elias, okay?"

„Ich versuche es." Sie macht wieder einen Schritt auf Sunny zu, der es sichtlich kaum noch erwarten kann, Olivias süße Wange abzuschlecken.

„Sehr gut, Olivia!“, feuere ich sie an. „Näher. Noch ein bisschen. Ja! Gleich hast du es geschafft.“

„Bäääh!“ Sie springt kreischend zur Seite und will sich das Gesicht abwischen, hält dann aber doch inne, um sich nicht auch noch die Finger mit der Schokolade einzuschmieren.

„Cut! Cut, cut!“, rufe ich laut. „So geht das nicht, Olivia. Alle wieder auf ihre Position. Wir machen die Szene noch mal.“

„Was?!“

„Na, hör mal. Mein Vater würde das morgen so auch nicht akzeptieren. Ich kenne ihn und weiß, welche Anforderungen er an seine Schützlinge stellt. Wenn du in seiner Agentur aufgenommen werden und diese Filmrolle haben willst, dann musst du dich schon ein bisschen mehr anstrengen. Disziplin!“

„Na schön“, willigt Olivia nicht gerade begeistert ein. „Also das Ganze noch mal von vorn.“

„Leo!“ Ich deute auf das Glas mit dem Schokoaufstrich.

Sie nickt, reicht Pia wieder Sunnys Führungsstrick und waltet ihres Amtes. Mit einem zufriedenen Grinsen schmiert sie Olivias Gesicht erneut mit den Zeug ein, stellt das Glas beiseite und geht wieder zurück auf ihre Position.

„Und Olivia?“

„Ja?“

„Vergiss deinen Text nicht.“

„Kann ich den noch mal kurz sehen?“

Ich halte ihr den Zettel unter die Nase. Schnell überfliegt sie die Zeilen.

„Alles klar!“, meint sie dann von ihrer Position aus.

„Immer schön lächeln. Uuund Action!“

Mit einem dünnen Lächeln steht Olivia vor Sunny und lässt sich von ihm die Schokolade von der Wange lecken. Dabei sagt sie ganz schnell ihre Zeilen auf, in der Hoffnung, das Ganze damit auch schneller hinter sich zu bringen.

„Das war schon wirklich sehr gut! Prima. Du bist ein richtiges Naturtalent, Sunny“, sage ich, worauf Olivias stolzes Lächeln in sich zusammenfällt.

„Und was ist mit mir?“

„Na ja, du warst noch nicht besonders überzeugend.“

„Wie bitte?!“ Olivia stemmt empört beide Hände in die Hüften.

„Seien wir doch ehrlich, Olivia. Neben Sunny wirkst du in dieser Kussszene ganz blass. Ich glaube wirklich nicht, dass du mit dieser Vorstellung meinen Vater morgen überzeugen könntest.“

„Was heißt hier denn könnte? Ich kann und ich werde.“

„Ich glaube nicht. Das Casting fällt nämlich aus. Im Grunde sollte gar keins stattfinden.“

„Ihr habt mich reingelegt?“

„Mit Vorliebe“, ahme ich Olivia nach, worauf Leo, Pia und ich anfangen zu lachen. Sunny hingegen hat immer noch nur Augen für Olivia. Mit seiner langen Zunge versucht er gierig, an Olivias süße Wangen zu kommen. Da hat Olivia die Schnauze endgültig voll. Wütend dreht sie uns den Rücken zu und dampft ab.

„Das geschieht ihr ganz recht!“ Ich krümme mich vor Lachen.

„Habt ihr gerade ihr Gesicht gesehen, als Sunny ihr beide Male über die Wange geleckt hat? Ich wünschte, wir hätten das aufgenommen.“

„Haben wir!“ Leo wedelt mit ihrem Handy vor unseren Nasen herum.

„Du hast …" Ich kann es kaum glauben.

„Ja!" Leo drückt auf ein paar Tasten und spielt uns die Szenen noch einmal vor. Sofort fangen wir wieder an zu lachen.

„Super! Das schauen wir uns jetzt jedes Mal an, wenn Olivia uns auf den Keks geht."

„Und das wird mit Sicherheit ganz oft sein!" Triumphierend hebe ich beide Hände in die Höhe, und Leo und Pia geben mir fünf. Dann werde ich wieder etwas ernster. Sanftmütig schaue ich zwischen meinen besten Freundinnen hin und her und kann kaum glauben, dass ich ihre Freundschaft beinahe verloren hätte. Und das ausgerechnet wegen einer wie Olivia.

„Leo, Pia. Ich – ich möchte mich noch einmal bei euch entschuldigen."

„Ach, komm schon, Sophie. Das ist doch mittlerweile Schnee von gestern und schon längst vergessen."

„Für mich nicht. Ich war so blind. Ach, ich weiß ja auch nicht. Ich war einfach so glücklich, dass jemand mit mir befreundet sein wollte."

„Und was ist mit uns? Sind wir etwa niemand?"

„Nein, natürlich nicht. Ihr seid meine allerbesten Freundinnen und ich habe euch echt lieb", sage ich, worauf auf einmal ein lautes Wiehern über die Weide hallt. Sofort drehe ich meinen Kopf zur Seite. Mit scharrendem Huf steht Aurora direkt am Gatter. Ich schmunzele und mache einen großen Schritt auf sie zu. „Dich habe ich natürlich auch ganz doll lieb, meine Hübsche", füge ich schnell hinzu, stelle mich auf den untersten Gatterbalken, umklammere zärtlich Auroras Kopf, drücke ihr einen besonders dicken Schmatzer aufs Maul und vergrabe anschließend mein Gesicht in ihrer Mähne.

„Mädels, das war ja ein Spaß eben!“ Leos Oma Gerlinde gesellt sich zu uns. „Dass ihr extra so ein kleines Theaterstück für mich inszeniert habt. Toll. Richtig klasse. Ihr hättet vielleicht vorher nur eine kleine Ansage machen müssen, dass es auch alle mitbekommen. Ich fürchte, dass es so jetzt ein bisschen untergegangen ist. Vielleicht könnt ihr das Ganze noch mal wiederholen. Wo – wo ist eigentlich das Mädchen, das die Hauptrolle gespielt hat, hin? Ich würde mich gerne persönlich bei ihr für ihren Auftritt bedanken. Ich habe von dahinten zugeschaut und mich schlapp gelacht.“

„Olivia musste leider schon wieder weg.“, meine ich und verkneife mir nur schwer das Lachen.

„Schade. Ich hätte ihr gerne zu der tollen und äußerst überzeugenden schauspielerischen Leistung gratuliert. Sie war echt gut, oder? Ich finde, sie könnte glatt bei so einer Soap wie *Zeit der Herzensflüge* mitspielen.“

„Äh, da wir gerade beim Thema sind ...“, beginnt Leo betrübt. Sie schaut zu Pia und mir hinüber, und sofort wissen wir, worum es geht. Ihr Streiche-Geschäft ist leider nicht ganz so gut gelaufen wie erwartet. Die Leute sind eben noch nicht reif genug für so eine Geschäftsidee. Daher hat Leo auch kaum Geld verdient. Folglich konnte sie ihrer Oma auch nicht das Geschenk kaufen, das sie wollte – nämlich die gesamten Staffeln von *Zeit der Herzensflüge*.

„Was ist los, Leo?“ Ihre Oma schaut sie mitfühlend an. „Was machst du denn für ein trauriges Gesicht? Gefällt dir meine Geburtstagsfeier etwa nicht?“

„Doch. Doch, sie ist toll. Und es gibt auch richtig leckeres Essen, aber – aber ich hab leider kein ...“

„Geschenk! Hier ist dein Geschenk, liebe Omi. Leo und ich, wir hoffen, dass es dir gefällt."

„Hä?" Leo schaut Josh verwirrt von der Seite an, während er ihrer Oma ein großes Präsentpäckchen überreicht.

„Kinder! Aber das wäre doch nicht nötig gewesen." Oma Gerlinde schnappt sich voller Vorfreude das Geschenk. „Ich freue mich aber trotzdem wie ein Schneekönig. Was da wohl drin sein mag?" Sie schüttelt das Päckchen neben ihrem Ohr.

„Na, los. Mach es auf, Omi." Josh kann es kaum erwarten. Ohne ein weiteres Wort zu sagen, macht Oma Gerlinde sich über das Geschenk her. Gespannt reißt sie das Papier ab.

„Das glaube ich ja nicht." Mit einem breiten Lächeln schaut Oma Gerlinde von Leo zu Josh und wieder zurück. „Das ist das perfekte Geschenk. Danke! Danke schön, ihr beiden." Sie drückt erst Josh und dann Leo einen dicken Schmatzer auf die Wange. *„Zeit der Herzensflüge.* Ich kann es kaum erwarten mir wieder die erste Staffel anzuschauen und mich zu erinnern, wie alles angefangen hat. Will einer von euch vielleicht mitgucken?"

„Klar!" Leo klatscht begeistert in die Hände, während Josh versucht, sich galant rauszureden.

„Schon gut, schon gut, mein Junge." Oma Gerlinde lacht kurz auf. „Du musst nicht mitgucken. Aber jetzt entschuldigt mich kurz, Kinder. Ich muss mich wieder ein bisschen um meine anderen Gäste kümmern. Ihr versteht schon. Wir sehen uns nachher."

Als die rüstige Rentnerin weg ist, will Leo sofort von ihrem Cousin wissen: „Wieso hast du gesagt, dass das Geschenk von uns beiden ist?"

„Weil es auch wirklich von uns beiden ist", erwidert Josh lässig. „Du hattest die Idee, ich das Geld, und zusammen haben wir das Geschenk."

„Das war aber ganz schön riskant von dir, die ganzen Staffeln zu kaufen. Was, wenn ich auch genug Geld zusammenbekommen und sie auch besorgt hätte?"

„Das hätte ich schon erfahren." Er schaut Pia an.

„Verstehe." Leo nickt und wirft Pia ebenfalls einen Blick zu. Die grinst nur und zuckt unschuldig mit den Schultern.

„O nein!", stöhne ich auf einmal laut auf, bevor irgendjemand ein weiteres Wort sagen kann. „Wer hat denn den eingeladen?" Genervt verdrehe ich die Augen.

„Das war ich", flötet Leo fröhlich und schaut grinsend in Lucas Richtung.

„Aber wieso? Der Tag hätte so schön werden können", jammere ich.

„Das wird er auch", entgegnet Leo, als Lucas bei uns ankommt.

„Hallo, Leute!", begrüßt er uns gut gelaunt.

„Hmmm", knurre ich, während alle anderen ein nettes Wort für ihn übrig haben. Neckisch grinst er mich an. Ich schaue weg und wende mich Aurora zu.

„Hey, willst du mal was Lustiges sehen?" Leo boxt Lucas in den Oberarm.

„Du meinst außer Sophies Gesicht?", neckt er mich wie in guten alten Zeiten.

„Schau mal her." Leo hält Lucas ihr Handy unter die Nase.

„Ist das Olivia?"

„In ihrer besten Rolle", kichert Leo, die sich immer noch über das Kurzvideo amüsieren kann wie beim ersten Betrachten.

„Übrigens." Lucas lehnt sich leicht zu mir herüber. „Danke,

dass du gestern so gut mitgespielt hast“, flüstert er mir unbemerkt von der Seite zu, während die anderen gebannt ins Handy starren.

„Tja, ich würde sagen, damit sind wir jetzt quitt.“

„Einverstanden“, erwidert er und schaut ebenfalls wieder aufs Handydisplay.

„Willst du es noch einmal sehen?“ Leo kann anscheinend gar nicht genug von Olivias angewiderter Grimasse bekommen.

„Vielleicht später. Jetzt würde ich gerne etwas essen.“ Hungrig schaut er sich nach dem Büfett um.

„Ich könnte auch eine Kleinigkeit vertragen. Komm, ich zeige dir, wo alles steht.“ Leo packt Lucas am Handgelenk und zieht ihn hinter sich her Richtung Kaltes Büffet.

„Und ich hole mir mal eben was zu trinken.“ Josh setzt sich in Bewegung.

„Warte“, hält Pia ihn auf. „Ich komme mit. Möchtest du auch was, Sophie?“

Ich schaue von Pia zu Aurora, die immer noch dicht am Gatter steht, und wieder zurück. „Nein danke“, sage ich dann sanft lächelnd. „Ich bin wunschlos glücklich!“